Moeda vencida

Francisco J.C. Dantas

Moeda vencida

Copyright © 2022 by Francisco J.C. Dantas

Grafia atualizada segundo o Acordo Ortográfico da Língua Portuguesa de 1990, que entrou em vigor no Brasil em 2009.

Capa
Elisa von Randow

Imagem de capa
Sem título, 2018, de Santídio Pereira. Xilogravura impressa em papel Kashiki, 185 x 165 cm. Coleção particular.

Preparação
Leny Cordeiro

Revisão
Valquíria Della Pozza
Luís Eduardo Gonçalves

Os personagens e as situações desta obra são reais apenas no universo da ficção; não se referem a pessoas e fatos concretos, e não emitem opinião sobre eles.

Dados Internacionais de Catalogação na Publicação (CIP)
(Câmara Brasileira do Livro, SP, Brasil)

    Dantas, Francisco J.C.
        Moeda vencida / Francisco J.C. Dantas. — 1ª ed. — Rio de Janeiro : Alfaguara, 2022.

    ISBN 978-85-5652-146-0

      1. Ficção brasileira I. Título.

22-115492   CDD-B869.3

Índice para catálogo sistemático:
1. Ficção : Literatura brasileira   B869.3
Cibele Maria Dias – Bibliotecária – CRB-8/9427

[2022]
Todos os direitos desta edição reservados à
EDITORA SCHWARCZ S.A.
Praça Floriano, 19, sala 3001 — Cinelândia
20031-050 — Rio de Janeiro — RJ
Telefone: (21) 3993-7510
www.companhiadasletras.com.br
www.blogdacompanhia.com.br
facebook.com/editora.alfaguara
instagram.com/editora_alfaguara
twitter.com/alfaguara_br

À memória de meu pai

O sertanejo falando

A fala a nível do sertanejo engana:
as palavras dele vêm, como rebuçadas
(palavras confeito, pílula), na glace
de uma entonação lisa, de adocicada.
Enquanto que sob ela, dura e endurece
o caroço de pedra, a amêndoa pétrea,
dessa árvore pedrenta (o sertanejo)
incapaz de não se expressar em pedra.

Daí por que o sertanejo fala pouco:
as palavras de pedra ulceram a boca
e no idioma pedra se fala doloroso;
o natural desse idioma fala à força.
Daí também por que ele fala devagar:
tem de pegar as palavras com cuidado,
confeitá-las na língua, rebuçá-las;
pois toma tempo todo esse trabalho.

João Cabral de Melo Neto

Se os leitores encontrarem nestas páginas o eco de um tempo abolido, terei resgatado a minha nostalgia e fornecido matéria para conversas de pessoas velhas e novas.

Carlos Drummond de Andrade

Sumário

Comenda oficial   13
Borboleta   23
Frei Camilo   39
Na Casa-do-Milho   53
Araúna   67
Duarte Pirão   81
Sacundina   101
O sítio arqueológico   119
Prego   141
Cruzeiro dos Moreira   163
Desidério   177

COMENDA OFICIAL

1

— Vá despalhando as mais grossas, meu filho, aquelas bem cheias de caroços. As espigas franzinas, essas banguelas, não carece se bulir. O gado enrola com tudo. Vira uma bucha até mais nutritiva.

Como aquelas palavras de meu pai se conjugam com a pisada do verão! Pedagógicas, trazem, embutido, um levantamento completo, ou melhor, um desmonte, camada por camada, das mazelas que engendram e retratam as estiagens do nosso município. Na ocasião, abarcaram até mesmo a nossa falha de folga do domingo. Pois sendo dia de guarda também por estas bandas, o preceito passava batido pra nós dois, ali socados na labuta com o milho.

A tal altura, eu era uma espécie de estagiário com um pé lá e outro cá. Corria feito um maluco. Entre a escola e a lida na fazenda, conseguia me virar. Daí em diante, por sorte boa, ou aziaga, sempre me coube uma trajetória repartida, mesmo depois de formado.

Nesse ano, assim sem mais nem menos, sem um motivo robusto e pontual — me puseram na prateleira. Quando abri os olhos, já era tarde. Mormente o vexame, ainda levo o resto do semestre por aqui, mas, como sempre, meu sentido nunca saiu de lá. Pervaga na soltura das Candeias.

Conduziram-me ao gabinete da vice. Abriram-se sorrisos matinais que, estranhamente, convergiram para mim. Alto lá! — algo me disse. Mãos sacudiram-me com estudada efusão.

E eu ali atônito, inseguro, sem querer entrar na deles, entalado com o clima inusual. Pra lá de amistoso. Desta vez, que diabo eu cometera?, me disse, já avinhado, com a moleira escaldada. Coisa boa é que não é.

Haviam, de fato, preparado o terreno à sorrelfa. Meio que adivinhara. Fizeram-me a cama, comendo por baixo, com tal sutileza, com tal velhacaria, que só então me avivaram as velhas suspeitas, já depostas sob a cinza do borralho.

— A comenda e o prêmio são irrelevantes. O importante no momento, abaixo de nosso homenageado, claro está — jovial, aqui a comissão me encarou —, é que nos pautamos em fazer justiça aos merecedores. É a nossa linha de conduta. É assim que trabalhamos. Vou dispensar a leitura do currículo invejável. Se bem que isso conta, e conta muito! A comenda e o prêmio estão lhe sendo atribuídos, prof. Abelardo das Candeias, unicamente por seu esforço em servir a esta casa. Por um magistério tão batalhador! A ponto de jamais haver invocado, a favor de si mesmo, os anos sabáticos... Único, entre nós — a vice-diretora esquece a hierarquia e se congraça com um tom açucarado —, único que furou a lei pra não deixar de trabalhar!

Mistério! Que prêmio seria esse? Liguei as antenas. Intrigado. Amadurecera, me preparara para os embates, no ambiente competitivo que movia aquela casa. A experiência se estenderia por décadas. Tão conturbadas pelos mais espertos, que me firmava num pé só. De orelhas aguçadas.

Ao darem com minha feição expectante, o olhar atordoado, os lábios presos, a testa começando a se franzir — ninguém riu da gracinha. Talvez atinassem que não haviam calculado bem a presepada. Decerto esperavam, de minha parte, alguma formalidade, um gesto de vaga aquiescência, ou que ao menos transigisse com um mínimo de polidez. Que eu facilitasse a situação. Que desse uma brechinha pra entrarem. Mas, ao contrário, me mantive na retranca. Agudo como um espinho.

Enquanto durara o suspense, o desapontamento geral encheu a sala. Talvez fosse somente uma pegadinha, troças e gracejos que não deram certo, falharam por não terem sido ensaiados. E, com isso, eles houvessem perdido a paciência, o bom humor. Podia ser ou não ser isso. Em circunstâncias assim imprevisíveis, a cabeça da gente fica à toa, pensa numa ruma de besteiras, não consegue cravar uma única certeza. Não descartei, inclusive, que a simples presença feminina houvesse estouvado as brincadeiras, associando-as a pilhérias de barbearia.

Nesse estado de ânimo, a dúvida persistia. Me encontrava perdido.

Foi então que, desferindo uma troca de olhares que delatavam um leve cochichar — eles enfim serenaram. De vupo! Como a riscada de um cavalo desobrigado, quando lhe chegam a espora na cara de uma cancela!

Será que o divertimento às minhas custas afinal tinha gorado? Que haviam voltado atrás? Talvez houvessem decidido, ali em cima do joelho, que assim era melhor. Que não valia a pena despender energia além do trivial, desperdiçarem vela com um defunto ordinário.

Nesse clima constrangedor, ou, pelo menos, pouco convidativo, a vice trancou a cara e arrematou:

— Aqui está sua comenda!

Exibiu a medalha pendurada numa fita.

— Com esta promoção a emérito consultor das ciências agronômicas, de hoje em diante, o senhor deixa a cátedra. Galga mais um degrau. E com a chancela oficial! A investidura é sem solenidade, como o senhor prefere. Mas não deixa de ser um galardão.

Alguns abraços frouxos. A turminha bateu palmas.

Emérito consultor! Chancela oficial! Já pensaram? Então... toda aquela arrumação era pra isso! Ali na escola, *esforçado* sempre fora sinônimo de *burro*. Foi assim que me encostaram. Cachorros!

Abandonei a sala roxo de raiva. E humilhado. Marchei pra casa puto da vida, a vista baixa. Mãos nos bolsos do jaleco. O emblema da escola ainda bordado sobre o peito. Chutava, com o bico das botinas, bolsas de plástico, palitos de picolé, bianas de cigarro, e outras sujeiras atiradas à calçada. O rangido do calçado novo me irritava tanto que eu tapava os ouvidos, colérico, como se um filão incandescente me atravessasse todos os sentidos. Como se o silêncio das botinas resolvesse alguma coisa.

Nada me distraía da pancada no estômago. Do choque escandaloso que oferecia mel e largueza à língua dos desafetos, da decepção que me atirara às traças. E mais o escambau. A sensação de rejeitado seguiu me roendo as entranhas até que cheguei em casa.

Eu não tinha transporte. Morava perto. E talvez por isso, em decorrência do sangue ainda quente de tamanha facada pelas costas, a chave ficou pinicando por fora, demorou a se enfiar na fechadura. As mãos ainda tremiam que nem uma haste de capim.

Passei a tarde inteira trancado, mochoroco, ruminando algum revide, uma saída dignificante, de pescoço alevantado. Se ainda estivesse sob o império dos instintos que comandam a mocidade, incluindo a soberba, a doideira, a valentia, eu teria resolvido a parada de meu jeito, a contragolpe, como fazem os felinos encurralados num beco sem saída. No meu tempo de moderno, por muito menos, presenciei o prof. Doca Pimenta subir às goelas do diretor devido a esse negócio de mangação malparada. Fora um deus nos acuda.

Se foi desfrute da turma, se pensam que me pregaram uma peça, estão redondamente enganados. De tarde, pulei da cadeira de balanço um lote de vezes, alterado, somente pra me acalmar bebendo água. As alternativas ferozes eram muitas. Chegavam aos magotes. Saltitavam-me na mente.

Entrei pela noite revivendo essas e outras bravatas petulantes. Precisava, pelo menos, esfregar na cara dos safados quanto valia a envergadura do meu nome. Prossegui peneirando, de olhos cerrados, numa lista de desforços, aquele que melhor serviria pra fundamentar a minha decisão.

Demorei a adormecer como um lobo furioso. Perdi horas e horas sem conseguir me acertar. Manhã seguinte, porém, ao tatear os chinelos com os pés, senti que o lobo havia se convertido em cordeiro. Reviravolta que, sob um golpe de vista leviano — causa estranheza. Mas, se abalizada direitinho, é mais frequente do que se costuma admitir.

Em tais situações, o trespasso da idade é terrível. Manda em tudo. É um verdadeiro despotismo. Amolece a rijeza do calete e também dos sentimentos. O foro íntimo de qualquer velho mastigado pelo tempo vira uma cidadela dolorosa, refém de dores e mortes. É uma arca cheia de ossos.

Uma tacada daquela, envolvendo um magistério consagrado ao cultivo de tubérculos, grãos e legumes de nossa região, muito mais do que merecer uma comenda, devia era servir de reforço ao projeto Citrina Planta, cuja verba, para alavancá-lo, fora parar na Secretaria da Cultura dos grã-finos. É uma confusão. A corrida pelas dotações, de parte a parte, costumava provocar uma certa turbulência social. É cultura pra lá, é cultura pra cá. Uma piega mais antiga do que se imagina!

Uma das facetas desse imbróglio, abusada justo pelos titulares de mãos finas, é a pose banhada de arrogância, o ar de superioridade no trato com os plantadores de grãos. Sempre que se reportam a estes, é com o ostentoso menoscabo que alimenta e põe mais fogo na guerrinha. Divulgam que o milho e o feijão são lavras que, nos países finos, servem sobretudo a porcos e cavalos, a bois e galinhas. Batizarem-nas com o nome de "cultura" seria enxovalhar a nata do saber, a tradição espiritual... Bem, eles que se estapeiem. Deixo essa contenda irresolvida para a Cultura e a Agronomia de Citrina. Elas lá que se entendam. A concorrência entre uma e outra é antiga. O feijão que há nas roças não chega a todos nós.

Persisti repassando na cabeça a funesta reunião. Uma vergonha daquelas não se dissipa tão rápido assim. Mas, de qualquer jeito, acordei condescendente, regido a paliativos. O sono me servira de remédio.

Ainda bem que o meu humor se revertera. Embicado para outra direção. Com o calor da nova manhã, passei a rir de mim mesmo. A coisa foi ganhando estatuto de comédia. Meu galardão seria ficar estocado na prateleira, como uma mercadoria enfusada. Cachorros!

A tal altura do meu magistério, eu era quase o decano! Pouco a pouco, viera perdendo o prestígio sob a carapuça de me votar a técnicas obsoletas, conceitos do arco-da-velha. De me ater a aulas expositivas, refestelado na cadeira, sem ao menos me mexer. Mas o que pesara, de fato, foi minha recusa obstinada aos instrumentos digitais, à parafernália da didática moderna, recomendada sob pretexto de aliviar a aprendizagem. Jamais me curvei a tal perfumaria. Assim como nunca fui de melindres. Sou daqueles que não gostam de frescura. Que não se enquadram nessa moda de traumas. Não ligo pra essas bobagens.

Bem, finda a palhaçada, me amostrei indignado. Bati a porta e me mandei. Destorcido. Pondo pujança nas passadas. Ciente de que estava cometendo uma feiura. Destoava da etiqueta. Daquele teatrinho manjado em que, em tais apertos, os espertinhos encenam delicadezas, com o fito de salvar as aparências. Fizera de propósito.

Dia seguinte, como anotei, amanheci mais consolado. Disse a mim mesmo que a ordem pra me calar era um mandamento natural. Provinha do choque entre gerações. Uma troca saudável que vem se perpetuando desde o princípio do mundo. Uma mancha civilizatória que se espraia por toda a geografia. Que atinge todos os setores. Necessária. Condição de todo o progresso imaginável! Mas nem por isso convém se omitir que, por ironia, afeta com mais força os indivíduos engenhosos e meritórios, os desbravadores das antigas novidades. É encabeçada pelos pioneiros, os que enfrentam até rebeliões, que pagam o pato e são torpedeados pela própria lucidez. É assim que o mundo agradece.

Apostando em todo esse bolodoro, com o pensamento nas Candeias, onde sempre estivera — tirei o caso por menos. Afinal, com o rescaldo de tempo que me resta, não vou cair na burrice de continuar servindo a dois senhores. Não quero mais! Prefiro ajuntar o resto das forças na consecução de um único propósito. Será que, ao barrarem o meu magistério, a vice ou algum dos colegas levaram em conta que, no ato, estavam antecipando o meu sonho de acabar os últimos anos na roça? Com aquela desenvoltura risonha será que atentaram nisso? Não. Estou tresvariando. Não pode ser. Mesmo os melhores não chegam a tanto!

O meu umbigo está sob o pé de mulungu, rente ao pátio da Casa-do-Milho, onde um dia irão me enfincar. É assim que o sangue pede.

* * *

    Mas regressemos aos primórdios. Ao ingressar na faculdade, por obediência a meu pai, deplorei sair das Candeias. Não vou declinar o ano. Mas qualquer adulto do termo de Citrina, com uma dose de sensibilidade, não tem o direito de esquecer as cicatrizes, as chagas provocadas por aqueles dois verões emendados. A data daquela minha fraqueza? É tão óbvia que me recuso a cometer o pleonasmo. Mesmo porque seria um dado gratuito. Não ajudaria a identificar e compor o ambiente. As mudanças políticas e sociais, do progresso e dos costumes, não repercutiam por lá.
    A sede da fazenda ficava num esconso, meio fora do mundo, visto que, àquela altura, não contávamos com estrada de rodagem. O acesso era barrado pela topografia irregular. Por meia dúzia de ladeiras bastante escarpadas. A mais íngreme da cadeia respondia pela alcunha de "ladeira-do-quebra-bunda". Era bastante respeitada. E, como se sabe, onde há ladeiras, também existem vales e encostas. No nosso caso, ainda havia dois modestos montes empedrados, unha com carne rentes um ao outro. Empatavam o tráfego de veículos a rodeiros. Mal davam passagem a burros e cavalos. A indústria automobilística, que seria novidade no país, não servira a nosso caso pessoal. Somente cerca de uma década mais tarde teríamos uma estradinha cheia de curvas tão fechadas e empinadas, que empanavam a visibilidade. Era um negócio temerário. No volante, tinha-se de ser bastante diligente. E o mais cansativo da empreitada eram os longos arrodeios, a consciência de que perfazíamos um caminho multiplicado. Aquelas primeiras férias de três meses e meio me marcaram.

BORBOLETA

2

Começo pelos efeitos do verão.

O dia inteiro corre abrasado. Mudam as luas e os meses, uma nova estação rende a que finda — mas cadê as nuvens prometedoras, os cupinzeiros assanhados, os bichos chamando chuva? Céu limpo. Não conto mais as semanas. Os meses. Em que ermo teriam se socado? Não ouço mais a rã codorá rapando a cuia, nem vejo as caranguejeiras circularem. Nada me lembra o *cai-cai tanajura/ na panela da gordura* das primeiras trovoadas. Era o refrão dos meninotes a disputar, entre os sapos e as aves, a leva desses insetos cujo voo, assim que decolava, já ia perdendo altura. E mal as infelizes aterrissavam, antes de coalharem o terreiro, eram espreitadas e perseguidas pela morte que não abolia a tortura. Sapos e galinhas surdiam de qualquer biboca para devorá-las ainda vivinhas da silva. Tanto é que, depois de engolidas, a bulição tomava os papos. Nós, meninos de olhos grandes, desapiedados, nos divertíamos com as bichinhas se contorcendo agoniadas.

As que escapavam do bico das galinhas ou do elástico da língua dos sapos, ao cair nas nossas mãos, não tinham melhor destino. Bem ao contrário. A estas, a tortura chegava ao pé da letra. Sem faltar mesmo aquela rajada de ludismo que indicia o reino humano. Molecotes arteiros, espetávamos um espinho de mandacaru no traseiro banhudo. As padecentes zuniam as asinhas decerto suplicando piedade. Mas em vez de despertarem a nossa compaixão, ganhávamos mais entusiasmo. Aqueles zumbidos faziam era atiçar nossa folia. Eram combustível para a nossa crueldade. Fazíamos torneios, cronometrávamos o tempo, aclamávamos, com aplausos e urros, a torturada cujas vibrações fossem mais duradouras e potentes. Deliciados, sufragávamos assim a tanajura-campeã que se finava exaurida, destroçada de tanto vibrar as asinhas, morta sem saber que fora vitoriosa.

Cadê os nossos velhos adivinhões, os vaticínios e as profecias sobre as nuanças do tempo? As armações pra chover? Tenho dado fé que ninguém pergunta mais. O pessoal da lavoura anda mareado, cabisbaixo; na feira, os homens despacham as mulheres atreitas na pechincha. E, pondo-se à parte, apreciam o avio dos mantimentos, com o rabo do olho atento, mas sem interferir. Envergonham-se do quilinho de bofe, da carne de cabeça, do conduto que podem mercar no talho de carne-verde pra desagravar a mão-de-farinha que, sendo pura, costuma engasgar e demora a descer.

A esta altura, não há mais roçados. Já não resta legume pra se correr a enxada, muito menos pra colher e armazenar. As provisões há meses se esgotaram. Tulhas, vasos, caixões, ou coisa que os valha — está tudo esvaziado. Foi um ano de parcos acrescentos, quebra de cabeça, penúria, extravios. A pobreza não encontra onde da um diinha de serviço. Vem daí que os botadores de roça, justo os que bolem com a cultura do milho, do feijão, da mandioca, sejam os mais prejudicados. Encabeçam a fila da míngua, da fome, da apatia.

Não vejo mais olhos sob as mãos em pala perscrutando o céu, atrás de descortinar uma ou outra sombra encorajadora. Não ouço mais um pedido de ajuda, uma ladainha de oratório, as línguas suplicando que a chuva molhe o chão. Do horizonte das conversas, parece que, pouco a pouco, a devoção se encolheu, as ilusões foram banidas, abocanhadas pelo bafo da estiagem. Por donde ando, vira e mexe, sempre esbarro num magotinho de criaturas abatidas, esmolambadas.

Com todo este calor enrustido, com tanta premência enchendo a paciência da rapaziada, apagou-se aquela satisfação antiga, perante o punhadinho de nossas terras passageiramente alagadas: as marrecas, as saracuras, os ariris, os galos d'água contagiavam a exígua extensão abarcada com um golpe de vista, mediante as lépidas brincadeirinhas de asas e pernas, bicos e penas, exibidas na várzea da lagoa da Barriguda, e na baixada que margeia o riacho das Ovelhas, onde as famílias semeavam e colhiam a meia dúzia de nossos sacos de arroz-agulhinha cujos grãos, afinal socados no pilão, ganhavam o nome de *arroz da terra*, reconhecido pelos sarapintados grãozinhos irregulares. Afinal, além de ser ostentado como frugal refrigério, ainda emoldurava o lençol das águas cujo reflexo era muito apreciado por dois ou três visitantes desocupados que flanavam por ali, tirando retrato da paisagem. Além do quanto o curso d'água ganhava de destaque, era um plantio respeitado. Senhor de nossas restritas várzeas. Dava-se bem com os invernos encharcados. Único que não brigava com as chuvaradas abundantes.

Ninguém fala mais em botar roça. Calaram-se aqueles comentos rebatidos de se fazer prosperar um futurinho com a safra da lavoura. De se engordar uma leitoa ao pé da cozinha, com a sobra do milho, da abóbora, das batatas, com as cascas dos legumes: refugo dos comestíveis convertidos em lavagem que abarrotava uma gamela. E era um costume tão corriqueiro. As famílias se aprecatavam. Daí a meses, o apurado já servia pra uma muda de roupa, ajudava no purgante das lombrigas, a desesticar a pança dos meninos. Ave-Maria! Ao se botar um roçadinho, era outra coisa. Ora, se não era! Apesar de apertada, de uma maneira ou de outra, a vida do pobre ainda se regia. O negócio era saber dosear a mão, e não fazer destrato com a comida. Não é por ter uma sobrinha a mais que se ia desperdiçar. Só dou com uma explicação: a escassez desorbitante consumiu também o divino valimento. A fé que escorava a nossa esperança.

A esta altura do ano, aqui nas Candeias, termo de Citrina, as tarefas de chão destinadas ao amanho, ao cultivo com a enxada, à semeadura das manibas, das ramas de batata, mais os três grãos — milho, fava, feijão — já não podem ser aproveitadas. Sendo a base da lavra e do passadio do pobre, é um comestível que, a rigor, nunca devia lhe faltar. A mais, até mesmo o arroz de panela é excedente.

Esse lanço de terra continua intocável. Pra bem dizer, já se converteu numa capoeira retorcida sob o sol. A maraba de jurubeba, velame, sacatinga, assa-peixe e alecrim, com o serra-goela enramalhado às braçadas nas coroas mais viçosas, tomam conta do pedaço. Apesar de ser uma gema de terra de primeira, caiu em desprestígio provisório, calcinada pela seca. Até mesmo aqueles lavradores que, por força da índole mais afoita, sempre se destacaram na região inteira — se predispunham a flertar com as incertezas, a afrontar indícios de outros contratempos — não topam mais o desafio. Escarmentados de outros verões puxados, põem um pé atrás e se esquivam. Desconversam. Alegam perda de tempo, espinhela caída, falta de coragem.

Meu pai, que nunca soube ficar parado, nem ter as mãos desocupadas, reclama, amiúde, contra essa desolação geral:

— Vocês todos viraram umas lesmas, só sabem viver na maciota, só levantam a cabeça na fartura. É uma pouca--vergonha!

Apesar do seu natural bem-humorado, retoma assim, neste pé, a mesma brabeza dos coronéis façanhudos que protagonizam os cordéis. Daqueles que tentam abarcar o mundo metidos em negócios vulneráveis, ou dos que, como ele mesmo, possuem mais teres a perder. A expectativa dos prejuízos o consome. Qualidade de rombo, aliás, de que jamais será ressarcido. Não é uma situação confortável, está certo. Mas não se pode confrontá-lo com os meeiros que botam roça em suas terras. Não, porque isso seria simplesmente uma indecência.

De qualquer forma, dizem que o governo é de todos, e a prefeitura também. Mas jamais enxergaram um lavrador num momento de aperto. Vem daí o arrepio desavorado de todos os que dependem da chuva, como de uma roleta-russa, de um golpe de sorte sujeito a falhar.

No quebrar do meio-dia em diante, o mormaço agride e engessa a amplidão. Invisível, onipotente, ataca, molesta e se imiscui em qualquer frincha ou brechinha. Demanda um alcance inconcebível. Os calungas se multiplicam na Casa-do-Milho; ratos-de-espinho, sufocados, abandonam as touceiras de gravatá; as varejeiras riscam os ares de verde brilhante, rondando os bichos fracos e moribundos. Não há barreira que detenha a claridade agressiva, a fúria silenciosa, a ponto de bulir com a bicharada — de insetos a mamíferos quadrúpedes — com qualquer ente inocente ou malfazejo que habite na penumbra. Os morcegos perdem o sentido de direção, se chocam uns contra os outros, no desespero aéreo-trevoso de escapulirem das tocas. Tanto faz. O calor não respeita sombra de árvores, telhas de barro, tetos de pindoba, coberturas de sapé.

Nas frequentes incursões por pastos e capoeiras, nunca mais topei com um teiú estiradão no meio-do-tempo, se revigorando com o seu banho de sol. É a quadra de andarem, mas ninguém topa com um, nem vê o rastro ou o trilho do rabo nas areias dos caminhos. Os bichos esbarram de comer. Abafados, procuram as sombras que restam, metem-se nas tocas, abeiram os riachos, os brejos ressequidos, os tanques convertidos em lodaçais, onde se abrigam e mal sobrevivem os caborjes, de carne morena como o atum dos oceanos. Ainda teimam e resistem se espojando socados na laminha do perau. É o instinto da vidinha miúda na luta renhida contra o sol tirânico. Um gigante que nenhum vivente tem pano nas mangas suficiente pra o encarar. Fecho os olhos, e só me representa o solão incendiado, o mundo reverberando, tocado por titânica agonia.

3

Na penúltima quarta-feira, indo dar uma corra na solta do Cambuí, me deparei com Borboleta atolada na bebida da lagoa da Barriguda. Vaca meio idosa, talvez de derradeira barriga, bastante depauperada pelos castigos do verão. Na ânsia de matar a sede, decerto impacientou-se, perdeu a cabeça, meteu os pés pelas mãos, não calculou bem o perigo. Pisou onde não devia. Resultado: falsearam-lhe as pernas que foram engolidas no visgo do massapê.

Fiquei assuntando meio de parte. O que é isso, meu Deus! Desamontei do cavalo com a ponta do cabresto colhida entre as mãos. Tive medo de o animal se espantar. Devagarinho, fui apanhando indícios de que Borboleta se debatera um bom bocado. Nesses casos, quanto mais a rês se mexe, quanto mais bota força, desesperada por desatolar-se, mais fica encalcada. É tal qual a areia movediça. Nessa pisada, decerto quebrara as forças. Fora isso.

Na tarde do mesmo dia, ao tomar ciência do infortúnio, meu pai atrepou as mãos sobre a cabeça como um doidelo sujeito a correr ou estourar. Eu começara até fazendo uns arrodeios, amaciando as palavras, mas a verdade é que nunca levei jeito pra amainar as desgraças. Ele, todo condoído, já acoimado com a míngua e os estragos provenientes do estio incrementado por este sol de lascar, lamentou muito mais a aflição de Borboleta do que o prejuízo pecuniário que lhe representava:

— Borboletinha não merecia esse destino...

De fato, pra se aquilatar a perda de um animal de presença tão maciça, um ruminante de estima, criado em volta da casa, lambendo as paredes, cheirando a gente, comendo palha na mão da molecada por quem se mostrava derretida, como se fosse a ama de leite de uma carrada de meninos, é preciso ter provado tal passagem que nada tem de passageira. Uma vaca não é um rato, que se pega pelo rabo, atira-se à distância e logo se pode lavar as mãos. Bem ao contrário. É uma montanha que se desmorona. Uma pedreira que despenca e atroa. Uma estampa corporal que deixa uma falha na paisagem. Abre-se uma ferida em tudo que se toca. A gente sente a força do tempo, o deslocamento calado de um rolo compressor descomunal, atirando as coisas para fora do lugar. É uma rebentação inexorável.

Nos primeiros dias, é um pesadelo desorbitante. Fica um rebojo rolando pelos ares. Zune o inconfundível mugido que se conjuga ao jeito do andarzão arrastado, do remoer com as pestanas arriadas, das lambidas na cria com aqueles olhos emblemáticos que também estavam ali para falar. É um caso sério. Os viventes se compadecem; às vezes, sem mais nem menos, ficam imóveis como se combinassem entre si a solenidade de um momento de silêncio. O ambiente inteiro se ressente.

Natureza loquaz, àquela altura meu pai ainda era um homem convivial. Mas não conseguia disfarçar o luto que tanto o consumia. Não alimentava ilusões. Tinha certeza absoluta de que a infeliz jamais se ergueria. Casos assim eram fatais. Não se conhecem comentos de alguma rês cujas energias, em semelhante condição, tenham sido recalcificadas e restabelecidas a ponto de a levarem a escapar.

Mesmo assim, ele chamaria Cipriano à parte somente para encarecer que queria a vaca na sombra. Que mandasse, mais uma vez, um próprio chamar Sebastião. Zelador de mão-cheia na labuta com os bichos. De reputação abalizada. Era sempre quem o acudia nesse ramo de vexames. Fazia prodígios, era um tratador bem procurado. Consta que o reino animal o entendia, como se compartissem uma linguagem vedada aos demais.

Era uma figura bizarra esse Sebastião. Despovoada. O isolamento, a vida um tanto nômade, a ausência de família, a própria querência com os animais o tornavam suspeito de alguma cumplicidade impalpável que, em vão, procuravam adivinhar.

Levantavam muita conversa. Embora habitasse uma tapera no ermo da Quina Viva, abandonada, de onde subia um cheiro agressivo de ervas queimadas, do preparo de lambedores, da mistura de garrafadas — atenderia à convocação no mesmo dia, como se estivesse de prontidão, já avistando o recado. Não é uma atitude banalizada, reconheço. É coisa de quem mexe com poderes. De quem atravessa a vida escoteiro, conferencia com entidades inaparentes, só guarda vínculos com os bichos.

Bigodão encardido com uns tufos de ouro velho, não tirava do dente o cachimbo que era chupado, se movia e fumaçava. Sempre metido numa calça de bulgariana, daquelas salta-riacho, que mal alcançam o meio da canela. Descalço. Camisa de cotim, mangas compridas sem punhos, sem botões; fraldas laterais meio apertadas. As feições enigmáticas pareciam acumular um lote de experiências que só serve e se aplica mesmo aos animais.

Os olhos esbranquiçados, anêmicos, diluídos no vazio, não demonstravam enternecimento pela vaca. Nem se alegravam com nada. Mais do que simplesmente inescrutável, ele chegava a ser meio hostil ao ambiente que o cercava, como se cumprisse o mandamento de um destino virado para dentro. Quase ríspido.

De fato, lotada de invulgar paciência, a cabeça do providencial tinha uma aparência respeitável. Era espichada e perfazia o diâmetro de uma abóbora d'angola. Proporcional à tosca magia com que forrava os seus cuidados. É somente isso que importa. Por conta desse detalhe, o apelidávamos de Nobreza, nome de nossa burra à qual o associávamos. De cabeçorra tão grande, ossuda, que só lhe cabia cabresto encomendado. E jamais se mostrava agradada.

A providência arrumada por meu pai não era novidade pra ninguém. Sebastião costumava preencher as suas expectativas. Não porque lhe trouxesse algum fiapo de esperança. Não lhe rejuvenescia o ânimo, nem abalava as suas convicções. Talvez fosse pelo ar reticente, pela vida cercada de mistério. Ou porque, desligado do mundo, sem despender o menor esforço tangível, caía na graça dos bichos. Agradavam-se dele numa ligeireza inexplicável. Não se percebia, em suas feições, aquela satisfação explícita, carinhosa.

Sem deixar de morder o cachimbo com o caco dos dentes, ele batia os beiços numa algaravia indecifrável, até mesmo com um biquinho de desdém. Nunca se soube por conta de que artes os bichos faziam vista grossa a sua cara feia, e tanto se sentiam confortáveis. A verdade é que se agradavam daquilo. Conforme fosse, pegavam a remoer com uma certa pachorra, talvez com lembranças agradáveis daquilo que haviam sido. Vá lá entender! Era apenas o último recurso pessoal que acudia a Desidério pra punir a favor dos moribundos, pra prestigiar os bichinhos inocentes que deixam este mundo, como se assim lhes votasse a vela derradeira.

Dei com a vaca cerca de onze horas. Sol tinindo. O cavalo quase pisando na própria sombra. Acho que, estuporada de sede, com os gorgomilos fervendo, Borboleta nem sequer chegara a se refrescar com uma única golada. Tinha a cabeça em busca da lagoa. O lameiro lambia-lhe o couro da barriga. As feições acesas, apavoradas. Após aquela vistoria, dei o fora de fininho, puxando o cavalo. Tomei cuidado pra que não ficasse mais arisca. Quanto mais imóvel, melhor para ela. Mais adiante, já encoberto, esporei o cavalo e fomos nos sumindo na poeira do verão, conduzindo mais uma conta pra engrossar o rosário de mínguas da estação.

Ali pelo meio da tarde, voltamos. Jazia na mesma posição, com um tantinho mais encoberta, a lama quase lhe batendo na queixada. Ao sentir nossa presença, embrabeceu por um instante. Assoprou com o focinho tão rente à lâmina de barro da superfície que a laminha se moveu. Espalhou-se ligeira salpicadora. Sacudiu a cabeça no intento de chifrar um de nós, entremetidos, com as aspas agalegadas, cor de palha, rasgando os ares. Mas meu pai escandiu-lhe as sílabas do nome: bor-bo-le-tiii-nha... bor-bo-le-tii-nha... E ela, numa funda suspiração, recongraçou-se, de imediato, toda confiada, como se avistasse a figura da salvação.

Desapregá-la do barro, isso sim, seria uma verdadeira diosseia. Mesmo com o terno de homens vezeiros, calejados naquele expediente provocado pela fúria do verão. Eram daquela marca de homem que não enfusa trabalho, que não sabe perder tempo. Pra quem não há tarefa impossível.

Logo estenderam, sobre o lamaçal, dois pranchões de maçaranduba, linheiros como um trilho da linha do trem, renteando-lhe o lombo. Era uma providência segura: a ponta das duas cabeceiras dos pranchões se apoiava na terra dura. Ajoelhados sobre a madeira, com as canelas dobradas, eles afinal conseguiram, numa mescla de esforço e perícia, desenterrar as patas da vaca e colocá-las na quina dos pranchões. Providência brutal e ao mesmo tempo delicada. Façanha de quem entende de sorvedouro e de equilíbrio. Entrementes, meu pai, que fazia a frente da operação, mantinha-lhe a cabeça erguida, quase vertical, com os dedos da mão esquerda em torno dos chifres; com a destra, segurava-lhe o focinho para sentir-lhe o bafo que prenunciava o seu definhamento, como se auscultasse o alento daquela vida.

Em seguimento disso, repetiram a manobra, agora buscando-lhe os pés. Daí a emborcá-la com a barriga pra cima foi um pulo. Seria um manejo fácil, consabido na região. De forma que, empurrada pelos quartos, puxada pela cauda e pelos chifres, rebocada, com o espinhaço rasgando a lama, e posta sobre um couro seco, era arrastada até o pé do carro de boi, que aguardava a paciente.

Com os mesmos pranchões, meu pai improvisou uma rampa que subia do chão ao recavém do carro por onde ela, ainda de borco, seria, afinal, embarcada. O corpo inteiro lhe tremia.

Viagem curtinha. Daí a pouco, seria depositada na sombra de um juazeiro de que ninguém contava a idade, e cuja copa, sempre verde, vinha desafiando todos os verões.

Dias depois, antes que fosse tarde demais, todos nós da lida nos largamos pra lá, em romaria. Íamos revisitar a inditosa. Éramos cinco. Meu pai encabeçava o cordão.

Encontramos Sebastião amansando um molho de vassourinhas. Já recolhera as fezes com uma pá desencabada. O chão, de tão burnido em toda a extensão da copa do juazeiro, fez salientarem-se as raízes. Me transportavam a idades remotas, a serpentes promíscuas, a músculos ancestrais. Juazeiro irretorcível, se diga, não se abalava com secas nem com o rodízio de tantas ventanias. A se levar em conta a projeção e o entrançado das raízes, resistiria até mesmo a um furacão.

Dele, Sebastião, eu ouviria apenas uma sentença completa, assim mesmo, curtinha. E provocada por meu entremetimento.

Arretirado num canto, ele gungunava pedaços de palavras meio soltos, e batia uma palma da mão sobre a outra, entendendo-se com meu pai. Olhei pra baixo. Descalços, os pés escamosos eram grandes e esparramados. Com a carne morta calosa, gretada nos contornos. Entre os dedos cabeçudos, havia sequelas de frieiras. Os joanetes salientes, inchados, sustentavam as perninhas de gafanhoto. Caminhava apoiado no peito dos pés, na cabeça dos dedos. De unhas disformes por força das topadas. Nas mãos, ao contrário: unhas grandes, próprias de quem não adota certos serviços pesados. Não sustentava o olhar vago na cara de nenhum de nós. Ao ser encarado, baixava as pálpebras sobre os olhos lunares. E aproximava a vista das coisas, como se fosse míope. Quando erguia o olhar para longe, as pestanas paravam imóveis, como se fitassem um vazio inacabável.

Comunicava-se com Borboleta através de tapinhas com as costas das mãos, roçando-lhe os ombros, ou com resmungos desconexos. Ela lhe correspondia, respectivamente, arrepiando o couro, ou assoprando, ou o seguindo com os olhos.

Foi então que, já meio impaciente no meio daquele soturno paradeiro, gritei: Borboleta... Borboleeta... Borboleeeta... no tentame de quebrar a pasmaceira da situação e avivá-la. Da boca meio banguela, de dentro do bigode alatonado, que emendava com a barbinha mosqueada, escapuliu a tal frase apelativa:

— Não me faça isso, fio de Deus!

Foi só. Mas se compararmos com a frieza e com a distância que ele demonstrava, cujas intenções nem sequer podíamos lobrigar — essa exclamação se converte em verdadeiro prodígio de interlocução.

Abatida, Borboleta amostrava-se mal acomodada no jirau entabuado, cujos varais se apoiavam em quatro forquilhas de jitaí. Se as patas penduradas pudessem recuperar o governo de si mesmas, decerto teriam deixado riscos na terra, vestígio de arranhões.

Meu pai ainda conferiu a altura: estava apropriada. Mas não encontramos o mínimo indício de que houvesse raspado as unhas no chão. Não confiava mais nos próprios músculos. Ainda que somente para sentir nos cascos o afago da terra maternal em que vivia... Mau sinal! Na cabeceira do jirau, ao alcance da moribunda condenada, Sebastião dispusera duas gamelas de mulungu, com água e comida fartas. As ordens de meu pai eram cumpridas.

Apesar de favorecida pela companhia de Sebastião, e por esses singelos cuidados, conforme a indigência veterinária daquele tempo, dia após dia, veio ficando biqueira, tomada de fastio, talvez amolada com o novo estilo de vida. Ao dar com a voz de meu pai, mexia as orelhas e pousava nele aquele olhar tão doloroso que chegava a lhe embargar a palavra. Com toda a certeza, a companhia de Sebastião encompridou-lhe os derradeiros dias.

FREI CAMILO

4

No triste dia em que esbarrara com Borboleta naquela aflição medonha, ainda teve mais. É como digo: as desgraças se atraem. Ali mesmo, me deparei com mais uma cena pesada: os nossos peixes se debatiam na mais terrível agonia. Traíras, piabas, corrós, jundiás, crias de nossa lagoa da Barriguda, que abastecia a mesa das famílias na Semana Santa, bem como em outros dias grandes, dias de guarda, estavam se acabando no charquinho de água bungada! Aquilo bulia com um cristão. Nossa grande pescaria sempre fora no final da Quaresma, pertinho da Semana Santa. A lagoa da Barriguda era um manancial que nos transmitia a imagem da perenidade. A água potável era um recurso natural que chegava para todos.

Ainda revejo a filinha das mulheres, bem de manhãzinha, com o chiado dos primeiros passarinhos. Cruzavam com Zé de Joana que, habituado às madrugadas, já vinha com os bois do pasto para encompridar os seus carretos. Davam-se bom-dia. Carregadas com os potes equilibrados na rodilha sobre a cabeça, nem ligavam para os bois bonacheirões. Descalças, ganhavam o caminho de casa apressadas, quase a saltitar. Soltos, os braços iam e vinham no ritmo dos quartos chamegando sob as saias, que só não eram fartas e rodadas porque representariam um desperdício. Ainda que fossem de chita, de algodãozinho, ou de outra peça mais ordinária — o avio do pano custava os olhos da cara. O mundo inteiro se resumia naquela friagem agradável, atravessada pelo cheiro do orvalho. Enfim, a lagoa da Barriguda era o nosso mar. Uma promessa generosa e inacabável! Jamais secara. Era um reservatório acreditado.

Nossa rede de arrasto, que descansava o ano inteiro, media dezoito braças — e olhem lá! Malhas finas, tecidas com algodão do tear apropriado. Artefato a que, lá em casa, se atribuía um valor todo especial por conter, centralizada no seio, a assinatura de Mãe-Joana, cujo artesanato era procurado por muita gente fina, na ladeira do povoado Curralinho. Assinatura destacada em formato de piabinhas miúdas. Lançava-se a rede na água, e com ela iam as nossas esperanças.

Ainda não havia desses viveiros artificiais, abundantes nos dias de hoje, com peixes estranhos, provenientes dos calcanhares de judas, peixes de se matar a pau. De forma que toda pescaria era apoiada na imprevisibilidade. A expectativa bulia com os nervos da gente. Ganhava um peso inestimável. Tinha de se contar com a sorte: uma dádiva da sina convertida em rendo que arejava a nossa vida.

A rede abarcava boa parte da lagoa, conduzida por homens resolvidos, que conheciam de cabeça os pontos da fundura. Mergulhavam, sabiam nadar de frente, de costas, de pé, de lado, de braçada e de cachorrinho. Enfim, quem sabe, sabe. Os dois mais experientes, indicados por consenso, iam agarrados no comando do par de calões.

Uma meia dúzia dos presentes, ou até mais, disputava a ocasião de fazer a chumbada, arrastando a rede, no momento propício, sobre a lâmina da lama. Mas aí, dependia... O bojo da rede, que a gente chamava *cofo*, nascia na linha da boia, feita com roletes de mulungu, e estendida à flor da água. E descia, vertical, até a chumbada que ia lambendo a lama. Na saída do lance, se o *cofo* viesse tinindo de peixe, abaulado, outros pares de mãos prestativas, que seguiam a pescaria de perto, já estavam de prontidão, dispostos a adjutorar. Era nesse momento crucial que alguns peixes, se sentindo aprisionados, saltitavam na rede desesperados. Deles que, felizardos, saltavam sobre a malha e tibungo dentro d'água.

Havia gente como formiga. A alegria, as risadas, as pilhérias campeavam. Era uma festa. Arrumavam-se brincadeiras. Ajuntava uma rapaziada cheia de armadas. Cada um dos presentes ajeitava uma enfieira de velame e levava para casa os seus peixinhos. Com isso, cumpríamos com mais facilidade o preceito da abstinência que, conforme frei Camilo, desemboca no caminho da salvação.

Apesar de todos os comparecentes saírem dali servidos, havia escalonamento, levavam-se em conta as diferenças sociais, mesmo porque não se tratava do bíblico milagre da multiplicação dos peixes. Apesar de sermos todos filhos de Deus, até hoje, nunca tivemos um êxito seguro que mitigasse essas diferenças. No globo inteiro, a luta tem sido vã. Não há conserto para essa desigualdade. Um cancro atemporal que, vicejando em todas as latitudes, confirma a falência do nosso gênero humano.

As traíras mais graúdas, vistosas, rajadonas, eram destacadas justo para o frei Camilo, que, para dar o bom exemplo, convinha mais era nos fortalecer para os dias de jejum. Contrariando algum preceito que devia trazer soterrado na memória, era famoso pela apetência, pela gulosa devoção aos peixes que abasteciam, inclusive, os seus sermões de domingo.

Os jundiás mais alentados iam pra o Coletor, que guardava uma cisma antiga contra peixe de escamas. Desde que ficara morre-não-morre com uma espinha de traíra que lhe atravessara a garganta.

A estima dessas prendas digeríveis, que podem agora parecer uma besteira, era aquilatada num valor incalculável, visto que, naquela quadra, não existia comércio de peixe em Citrina. Pior nos arredores. Era um artigo vasqueiro. Na Quaresma, circulava apenas, em nossa praça e nas adjacências, o bacalhauzinho amarelo de barrica, cujas peças maiores pouco iam além de palmo, pra fecharem a meia libra. Sem contar com a carestia. Na tiragem do sal, a pobreza se queixava, a metade do peso se sumia.

Àquela altura, ouviam-se muitas histórias acerca da voracidade, da queda de frei Camilo pelos peixes. Ele mesmo até falava em abandonar a paróquia, justo devido à dificuldade desse gênero comestível.

Periodicamente, se botava até Estância para abastecer-se de robalos, serigados, pescadas, e mesmo melros de meia arroba, sem esquecer de uma qualidade de peixe redondo, tigrado, da barriga espalhada, cujo nome agora não me acode. Até aí tudo bem, visto que o frei era graúdo e corpulento. Se o comércio de Citrina, no setor de mantimentos de sangue, não mexia com carne de peixe, paciência. A culpa não lhe cabia. Se a prioridade dos negociantes contemplava o rebanho de bois e de carneiros da fazenda Boa Vista, mais paciência. Se o proprietário era o juiz Mané de Canuto, que tinha a caneta na mão, conchavado com o prefeito que abolira, dos correligionários, o imposto no talho de carne-verde — não adiantava se contestar. Era a lei. E pronto!

Frei Camilo, de bom convívio, era um bondoso glutão. Apesar dos arrotos que ecoavam como um berro, do vozeirão estentóreo que trincava as paredes da igreja, não chegava a meter medo ao mais tímido dos meninos do catecismo... Pra se ter uma ideia de suas propensões naturais, faço outro registro: cruzávamos o momento em que as bicicletas de pneu-balão eram a novidade que estava na ordem do dia. Quando questionado por qualquer bobagem, o frei gostava de dizer que quem gosta de pressão é câmara de ar. Era um vivedor! Levava tudo numa boa. Então não era ele que ia meter a mão numa cumbuca de marimbondos. E tinha lá sua razão.

Ao regressar dessas viagens a Estância, depois de torar léguas e léguas de um sobe e desce irregular, de um caminho bastante enladeirado, seu cavalinho chegava ao fim da jornada meio banzeiro, o espinhaço selado, mal aguentando das pernas, em tempo de ser acometido por uma vertigem. Meu pai se compadecia, rascava grosso, ferrado da vida.

— Como é que um homem de Deus não se compadece dos bichinhos?

E se prometia a jamais emprestar-lhe nova montada.

Tornava a descer os olhos na pisadura lombar.

— Olhe pra isto! Nunca mais na minha vida! Deus não é de ser servido!

Apesar do tom meio brabo, não segurava a própria opinião. Daí a um tempo, ia indo... ia indo... dá daqui... dá d'acolá, até recair na mesmíssima fraqueza. Não aguentava o tranco. Se interpelado, alegava então, todo compungido, que o frei não é um joão-ninguém. A coisa não era simples assim. Gente de teres punia a favor dele. Se via forçado a atender. Afinal, tratava-se de um prelado!

Mas esta que estou contando seria mesmo a última vez. Mais tarde, contrariado, o frei descartaria a sua amizade.

5

Estância ficava longe. Pra nós, rapazinhos sedentários daquele tempo, enfiados na terra que nem tatu de morada certa — era uma distância inescrutável. Ficava no fim do mundo. Se o freguês facilitasse, se o cavalo não fosse desasnado, talvez não se alcançasse em um dia de viagem. E olhe lá. Somente se caíssem na estrada bem cedinho, ainda no truvilusco, com as últimas estrelas apagando, com o chiar dos primeiros passarinhos. Tinham de ser espertos. Era um rojão exorbitante.

Se o cavalinho falasse, após a viagem de volta, decerto ajuntaria:

— ... e o peso era o cafruncho! Ave-Maria!

Somente o frei ia na média de umas oito arrobas, bem entendido, se voltasse com a barriga cheia, depois de dois ou três dias de fartura, afundando a colher no alguidar da moqueca de arraia, servida com pimenta arriba-saia, na banca da comadre Mariquinha, nos fundos do Barracão Municipal.

Os alforjes vinham tão lotados que a fivela da tampa era abotoada no derradeiro furo da correia. Estufados, entupidos de peixe na salga, batendo bufo-bufo-bufo, pensos sobre as capas da sela, isso se apertássemos o rojão pra mais ligeiro. A suadeira jorrava. Peixes a que o frei mesmo, em pessoa, fechara questão em assistir à pesagem, conferir a balança a ouro e fio. E, sobressalente, de contrapeso, vinha aquele cilindro grosso, bem envelopado numa lona, seguro nas correias, atravessado sobre a garupa da sela. A altura do volume era enorme. Batia-

-lhe pelo meio das espáduas. Vendo-o apear com aquele troço que lhe descabelava a anca, o povo se perguntava:

— Que arapuca é aquela arrochada nas correias da garupa? Há... esse frei!

O segredo persistia. A diferença era proporcional: enquanto o cavalinho bambeava de fraqueza, sacudindo o lombo pra se ver livre do suador da sela, da marca das fivelas, o frei Camilo, rosado do solão da viagem, vermelhão, quase caldeado, alegava a própria fortidão, a grossura de seus braços, para não admitir que o ajudassem a descarregar o fardo que transportara. Curiosos se aproximavam, mas ele os detinha com as mãos.

— Fastem pra lá...

Desta última vez, mal regressara, foi logo retomando a rotina, mesmo com um taco da bunda escravelado. Era o dono absoluto da paróquia. Não custaria a dar demonstração de que retornara picado por uns ares de brutalidade. Exprimindo-se assim aos arrancos, contrariava o semblante festivo, o vozeirão expansivo que lhe punha na cara um toque de agrado.

Conforme sinha Justa, que lhe preparava as peixadas no fogão em casa, no coco e no dendê, mal chegava de Estância, ele costumava demorar bastante diante da travessa que recendia fumegante, sobretudo nos primeiros dias. Era um apetite desmarcado. É como se tivesse jejuado durante a ausência.

Desta última vez, porém, sentou-se à mesa meio de banda. Via-se que ficava mal acomodado. Soltava uns ui-uis tremendos, vociferando contra um taco da bunda que findara triturado e moído no curso da viagem.

Passou a semana toda intrigado. Pra onde se virava, era calçado por um par de almofadas. Já vivia derreado. E sinha Justa, cheia de pruridos, se coçava caladinha, com recato de perguntar. Ele remava o andar levando a mão esquerda à altura das cadeiras, puxando levemente de uma perna. Ela se penalizava daquilo, mas só fazia se encolher. Temia-lhe a voz, que decerto explodiria como um ronco de trovão.

Como ele não cobrava melhora, Otaviano da Farmácia Semifusa foi chamado.

Bateu-lhe à porta, inclusive com as hastes do estetoscópio penduradas sobre o peito. Sinha Justa correu a franquear-lhe a entrada.

O prático, calejado nessa parte de urgência, em vez de abordá-la nos padrões da urbanidade, chegaria mesmo a afastá-la com a mão desocupada. Zunindo, avançou que nem um pé de vento. E ao dar com o frei vermelhão, com uma perna repassada na almofada, foi logo diagnosticando:

— Já sei. Não precisa nem falar. Mas antes, bom dia. — Tocou-lhe as bochechas com os dedos. — Isso só pode ser insolação...

O frei fez uma careta e jogou-lhe as mãos acompanhando o protesto da voz estentórea. Foi um grito medonho, como se estivesse sendo lancetado. A valência foi sinha Justa, que logo acudiu de lá.

— É o quê, seu Otaviano! O negócio é mais pra dentro! O frei entortou. Anda penso de uma banda. Deus me perdoe, mas só pode ser castigo...

Uma vez desfeito o equívoco, Otaviano pediu-lhe que arriasse as calças. Sinha Justa correu a trancar-se na cozinha. O prático preparou-se para apalpar-lhe o escravelado da anca. Mal batera a vista em cima, antes mesmo de abanar a cabeça, decretou:

— O estrago é feio! Parece uma pisadura no pelame de um cavalo...

Receitou-lhe um frasco de maravilha curativa, uma pomada de tubo, pó secante de uma latinha de flandre amarela, um rolo de gazes e esparadrapo.

Voltou à farmácia e espalhou a notícia. Dia seguinte, a praça inteira comentava, às gaitadas, que meu pai era mesmo o Satanás. Não temia a ira de Deus. Pois semear caroços de milho sob o revestimento do coxim da sela? Brincar logo com o frei?!

Otaviano sabia das coisas. Gostava desses repentes.

De qualquer forma, essa foi a última vez que frei Camilo aborrecera meu pai com esse negócio de montaria. Deve ter sido a mão da Providência.

Desde então, bandeou-se pra Duarte Pirão, que passou a lhe emprestar um de seus animais assustados, daquela qualidade que, por ter sido bastante maltratado, quando cuida que não, se dana a pinotar. Só viaja se torcendo, com a cabeça alçada, o focinho em retidão horizontal. Cavalo conhecido, entre nós, como *ponteiro*.

A apetência do frei era falada.

Foi dando baixa no sortimento estanciano, uma curimã hoje, um arabaiana amanhã, até que consumiu o último bagre, que nos primeiros dias chegara a refugar. Na falta de robalos, serigados e companhia, o jeito era voltar a cair em cima da traíra e do corró tirados na tarrafa, ou dos piaus que agora lhe remetia Duarte Pirão, tinguijados nos seus poços do rio Piauí.

Pode-se dizer que a vida lhe correra nessa moleza até o dia em que uma ovelha tresmalhada, rebelde ao apelo da santa autoridade eclesiástica, andou divulgando que aquele troço enlonado na garupa da sela, em formato de cartucho, eram tarrafas já chumbadas, prendas que, adquiridas em Estância, iam parar nas mãos dos paroquianos mais confiáveis, congregados marianos, com o santo rogo de que, noturnamente, fossem dar umas tarrafadas nos tanques com fama de piscosos... Que consultassem a folhinha do Sagrado Coração de Jesus, escolhessem as noites sem lua, escuras como breu, cuidando em evitar qualquer mancada, que não fuçassem juncos nem baronesas. Que as tarrafadas se espalhassem no remanso dos tanques limpos. Caso contrário, se a coisa arrepiasse, a Igreja podia ser comprometida. Que não deixassem pra trás o mínimo vestígio!

Em paga, frei Camilo deitava a bênção aos paroquianos, com a mão apostolar cheia de indulgências, visto que, como frisava, era um pecador que fizera votos de pobreza. Pra tornar críveis tais palavras, ele sempre envergava uma batina ensebada. Mas isso me parece mais um hábito que faz parte da natureza dos glutões.

A partir de então, por ter bulido com o pessoal graúdo, as pescadas noturnas vieram à tona. Teve gente que se afastou da Igreja. E o frei, contrariado, pegou a mandar bala nos sermões dominicais, injuriando donos de tanques e de cavalos. As indiretas sobrariam inclusive pra meu pai. Acusava-o de reverter a lei divina.

— A palavra de Deus decreta que amemos, em primeiro lugar, a Ele mesmo e nossos irmãos, feitos à sua imagem e semelhança. Arrenego, pois, que haja entre nós o anticristo, alguém que contraria e reverte a Palavra! Que ampara os bichos em detrimento das pessoas. Vade-retro, blasfemador!

NA CASA-DO-MILHO

6

Acho que já falei de peixes até demais. Inclusive daqueles nossos, se estrebuchando no pânico da água bungada.

Os corrós, então, me davam uma pena danada, com as boquinhas banguelas que não mordem ninguém, com as guelras palpitando apertadas, atrás do vapor chupado pelo sol que, impiedoso, só lhes deixara um lençol enlameado. A lama que, com mais umas semanas, se converterá numa sepultura de torrões.

Não é a primeira vez. Nem a última. É o destino comum. Isso se escaparem de ser estraçalhados a bicoradas do socó-boi, do carcará, do gavião, e até do urubu, que ronda as sobras de vida sob as manobras rasantes. E então, sem os nossos peixinhos, já na entrada da Quaresma, como é que a pobreza vai ficar?

Entre as réstias das árvores que restam, os passarinhos caçam um recurso pra aturar o calor: esticam a asinha sob a perna no agasalho, arrepiam a penugem que abafa o coração. Ofegam com os biquinhos escancarados. E nós dois, pai e filho, aqui dentro desta Casa-do-Milho a dar duro, a pensar no que não presta, a fazer figas com os dedos porque hoje, domingo, sendo dia de descanso — a crer no frei Camilo —, o trabalho não rende, a coisa não prospera. E o peso é redobrado. Isso, se não vier maldição.

Aqui na redondeza, seus presságios evangélicos ganham peso de ciência. Tendo a audição aguçada pela fé inabalável, diz que tira uma base, adivinha que a chuva anda perto porque cantam mais festivos e alegres os passarinhos. E, se não cair a tempo, que acusem os pecadores. Bem, vamos deixar o frei no seu sossego.

* * *

 A verdade é que suamos como se estivéssemos agarrados ao cabo da enxada. As manchas vazadas pelos poros se espraiam. A boca seca não saliva. Em vão a língua enxuta desliza sobre os lábios. Como se zombasse de nossos recursos primários, a inclemência do tempo é incontornável. Quando a calma aperta a mais e mais, me remeto, mentalmente, ao rebanho de infelizes que, a céu aberto, vendem o dia por qualquer bobagem, sapecam o couro por semanas a fio, por este mundão afora, pegando no pesado. É uma perversidade impressionante.

 A desgraça alheia envergonha e fortalece. É um remédio equivocado. Está bem que o nosso serviço aqui dentro também pode ser posto na conta de braçal. Não se deve contestar. Mas, por outro lado, numa hora dessas, mal comparando, se a gente evocar que o sol tem torrado viventes a ponto de desfigurar-lhes o couro sapecado, tem aberto feridas incuráveis nas vacas mais agalegadas a ponto de matá-las, nossa labuta não deixa de ser maneira: além do amparo da sombra, requer somente uma forcinha nas mãos com jeito adequado pra remover as palhas das espigas e ensacá-las. Delas que quase imprestáveis, esboroadas pelo gorgulho, e roídas até o capuco.

 Esta Casa-do-Milho, abrasada ao olho do sol o dia inteiro de lado a lado, do nascente ao poente, está empesteada de ratos, virou um criadouro de bichos e insetos, tremendamente abafado. A quentura favorece e apressa a proliferação. Aí fora, há semanas que não cai um mísero chuvisco. As nuvens claríssimas não prometem... o horizonte escancarado só falta pegar fogo.

 — Ô mundo velho de meu Deeus...

 Em dias como hoje, é o clamor mais repisado que escuto de meu pai. Horas em que a fala rascante, arrastando-se na tônica do *Deus*, pra tornar mais forte a clemência, me arrepia os nervos que se põem à cata de encaixar algum revide à altura. É. Mas o negócio pode redundar em provocação. A contrarresposta retinirá na bucha, eternizando a demanda. Vai ser uma machucação. Essa política arranhenta de filho com pai é remota e universal. Um gravame tolo e complicado. Borracha que afoloza de tanto estica-desestica. Melhor é não se mexer. Mas, de qualquer forma, ele se queixa demais. Ave-Maria! Anda desacorçoado. Já dava tempo de não estranhar as desgraças. De que adianta a choradeira? Ninguém pode mesmo acudir!

Lá uma vez ou outra, tangido pela banda do nascente, o ventinho se assanha... rasteja pelo chão de onde soergue uns garranchinhos, farelos de esterco, folhas secas e alguma outra miudeza ou refugo; mas num repente, como um bicho já escaldado, interrompe o rojão, ergue as orelhas, aguça o focinho e quebra o corpo em torno de si mesmo. Estaca e se alteia, vira um ente arrojado, gira que gira numa convulsão circular. E, afinal, ganha forma de redemoinho que zune e condensa a sua varredura. E prossegue chispando pelos ares num rebolo encaracolado, num parafuso que sai rolando em espiral para se desagregar mais adiante, sumindo de nossas vistas como obra de encanto.

Em todo o entorno que avistamos, silencia o movimento. Persiste o paradeiro neste mundão largado à toa, uma amplidão deserdada. Pelo vão da porta, descortino o horizonte acima do pasto rapado e limpo como uma pista. Atabuleirado. O pano de fundo se some numa linha de altibaixos oscilante, indivisível, de matizes empastelados, com predominância do cinzento. Uma imobilidade tremenda. Inacabável. O rescaldo das nuvens não se mexe.

De tardinha, o horizonte estará incendiado por uma luminosidade grená. Ninguém imagina que, com a próxima chuva, aquela que venha quando vier, toda essa terra assolada e sem vida, essa paisagem tostada tornará a germinar, se cobrindo de brotinhos! A aragem farfalha na coroa desdentada do velho pé de mulungu. É a única árvore enquadrada pelo vão da porta. É uma que costuma, logo nas primeiras chuvas, ficar atufalhada como por um golpe de mágica. E no outro verão que virá a seguir, decerto desabrochará em outras flores encarnadas que, a depender do vento, enfeitarão este batente, misturadas às palhas de milho que irão escapulindo dos sacos e ficando espalhadas pelo chão mode o gadinho abocanhar.

Ou então, ao invés de andar por aí espiralada, bagunçando a miudeza, a viração se firma e encanuda, forma um corredor, bate em nossa direção, chega a sussurrar, triscando unhas invisíveis nas pétalas do mulungu. Caldeadas e secas, já passaram de despencar, rolando dos galhos mais altos a tremeluzir...

Mas a expectativa sempre se dispersa num prenúncio enganoso. Talvez tenha sido simplesmente exagerada por nossa volúpia de se tomar uma fresca aqui dentro. Neste calorão exorbitante, um simples gole de aragem vale por um banho de riacho.

Hora em hora, deixamos as palhas sossegadas, visto que se danam a pinicar. Serviço desgraçado. Coçamos as mãos que vão ficando encalombadas. E até mesmo os braços, apesar de resguardados pelas mangas da camisa cáqui que, por ser uma proteção tão rotineira, meu pai costuma me lembrar com destaque na última palavra.

— Vá vestir o *uniforme*.

A esta altura da estiagem, como força natural mais ostensiva, o sol comanda o ambiente, castiga o reino vegetal e animal, com uma dureza titânica, dureza de minério. No círculo da abrangência desproposital, não conheço, na geografia da nossa região, nenhuma escapatória.

7

Hoje, até o momento, já cortamos uma volta do diabo. Ocupados em separar as palhas das espigas, nesta Casa-do-Milho, quase sufocados. Na verdade, a competência do serviço diário fica nas mãos de Cipriano, que é o encarregado. Vaqueiro titular, é um bamba na labuta do curral. Diverge dessa raça de empregados desleixados e não anda com a cara amarrada, cheio de suficiência, apesar de requisitado às pampas. Costuma receber, de fazendeiros em roda, propostas polpudas. São convites encaminhados por debaixo do pano, com rogo de que não seja espalhado, visto ser uma atitude mal procedida. Os homens mais antigos não aprovam. Tacham de traição.

Cipriano é respeitoso, agradador. Nota-se que se praz ao salvar meu pai com o chapéu na mão. Mas independente, queixo duro. Homem direito. De caráter soberano. Dependesse dele, meu pai, que sempre se fiou nos seus modos, jamais ficaria a par daqueles convites ostensivos.

O vaqueiro ouve propostas, escuta recados, e nem parece se tocar. Prossegue no seu calete sereno, na sua labuta modesta, altivo, como se não fosse afetado pelo reconhecimento das suas qualidades. É claro que se dá valor. Mas é um negócio que não lhe sobe à cabeça, não lhe altera o bom tino. Não gosta de fuxico, não falha no serviço um só dia. Nem se vale da ocasião para se mostrar insubstituível. É daquelas raríssimas criaturas que, enquanto cumprem a jornada, assobiam cantigas e lodaços pra amolecer o tempo, satisfeito com a vida.

Nos intervalos da lida com os bichos, costuma correr as cercas com o embornal trelado, a correia retesada devido ao peso dos grampos e do martelo. Religiosamente. O pé de cabra, ou esticador, atravessado e preso na garupa. Tapar buracos de cerca é com ele mesmo. Caboclo de dedos calosos e mão dura.

Neste domingo, está de folga. Talvez tenha sido uma das poucas ocasiões em que se ausentou das Candeias. Anda de visita ao quarto filho, que veio ao mundo ainda no domicílio da sogra, onde ficará até que se ponha mais durinho. Casa da sogra. É um costume que não falha, um preceito respeitado.

Meu pai costuma romper as madrugadas na beira do fogão cujos tições nunca apagam de todo, deixam sempre umas brasinhas no borralho. Pelo bico da chaleira, a água fervente cai no café do coador posto sobre o boião que depois será mantido sobre a última boca da chapa pra se evitar o café requentado.

Hoje, pegamos de manhã cedo no manejo das vacas: tiração de leite, limpeza do estábulo, primeira ração. Logo a seguir: Casa-do-Milho. E, pra ser modesto, depois de um pulinho em casa pra um almocinho ligeiro, já é de tarde e voltamos a remanchar por aqui, preparando outra ração. Peleja com gado de leite, nesse tempo a coisa engrossa. Não tem dia, nem tem hora. É preciso acompanhar tudo de pertinho, ter atividade no de comer e na bebida.

Nossa roupa, colada ao corpo, exala suor ardido. A esta altura, já de barriga cheia, o desconforto se multiplica. Nos abanamos com as beiradas enormes dos chapéus de pindoba. Mas o refrigério não chega, o mormaço não abranda. O bafio viscoso se adensa, contamina o ambiente a ponto de a pessoa fraca do juízo se pôr de cabeça mole. Ou mesmo a tresvariar. Aqui nas cercanias, sabe-se de casos assim. Imobilizados pela calma, só nos resta vigiar o tempo como uma dupla de panacas. Aguardar o calorão enfraquecer.

Vejo que meu pai, um sarará cinquentão, com um bando de sardas na face pinicada, arrasta o dedo sobre a testa cujo suor escorre sobre os olhos. As mesmas sardas que estão no retrato de meu avô, e que se transportaram para mim. Em que antepassado, primeiro do que todos, elas teriam surgido como sainete da família? Sei apenas que, de geração a geração, as manchas têm se repetido sobretudo nos braços e no rosto, como se estivessem aí para provar a insignificância de nossas particularidades, na medida em que estão espalhadas naqueles que nos precederam, e que não deixaram sequer um rastro das tolices que fizeram na deambulação por este mundo desarrumado.

Enquanto assunto nessas coisas, me volto para o meu velho Desidério, cujo rosto me parece muito irrigado. Tenho medo de que vá estuporar.

— O senhor tá corado demais, meu pai. Parece um pimentão!

Ele faz boca de riso e, mesmo estando de perfil, os lábios se adelgaçam. Vira o dorso pela esquerda, e o olho correspondente, quase vazado pela espetada de um novilho, levanta a pestana em minha direção. Os dentes irregulares aparecem e ele sai com esta:

— Tenho nada não. É o tempo.

E o outro olho, apesar de apertado pelo sobrolho que lhe derreia por cima, esmiúça a minha cara.

— E você, meu rapaz? É me ver, sem tirar nem pôr, um miolo de melancia...

Trocamos mais um lote de besteiras sem prestígio. Tiradas de quem fica bestando pra divertir o paradeiro da calma. No fundo, possui um espírito brincalhão. Pena que o peso das preocupações incontroláveis lhe represe a veia humorística.

Comigo, quase nunca se desata, nem se queixa de ter a vista curta. Diz ele que enxerga até demais. De qualquer forma, embora quase caolho, a vista parece equilibrada. Os minutos se arrastam. É uma demora desmandada.

Cerca de duas horas mais adiante, a tarde principia a amolecer. Ouço o chocalho de Araúna, o tinido agudo do metal aniquelado que encabeça o procedimento do rebanho. E é seguida de perto, numa filinha indiana mais triste deste mundo, mormente nesta quadra de penúria e escassez, de provisões esgotadas, quando então elas se apresentam mais obedientes e ossudas, abatidas por manifesta apatia. Tão vagarosas que, ao movimentarem os esqueletos, balangam as cabeçorras que se projetam acima da magrém; com os rejeitos endurecidos, arrastam os pés de chumbo, cujas unhas vão encruzando rabiscos pelo chão, onde mal se levanta aquela fumacinha de poeira.

Boi Menino solta urros numa rouquidão desadorada, cobrando a encomenda de comida. Meu pai apura as ouças, alça o ombro esquerdo, lança a cabeça pra direita, e mastiga uns muxoxos que reforçam a sua inconformação. É um tique nervoso que o acomete sempre que se penaliza como provedor inútil, um ser imprestável que não consegue suprir a fome das vaquinhas. Canso de ver o quanto não dorme direito, se põe encasquetado, possuído pela terrível sensação de andar com as mãos atadas, justo na hora em que mais carecem de sua proteção.

Pouco a pouco, a par dos espasmos provocados pelas paredes do rúmen esvaziado, elas sentem que a quentura afrouxa, vencida pelo sopro de provisória viração, e vão saindo do torpor. Sondam os arredores com o canto dos olhos remelentos, as órbitas cavadas. Apoiam-se nas patas dianteiras, levantam com dificuldade o peso corporal, e pegam a se espreguiçar sobre o cambito das pernas e com a lâmina do pescoço esticada. No couro, as costelas estão marcadas. Dá até pra se contar.

De cá, da Casa-do-Milho, meu pai acompanha a cena. Volta-se para mim. É hora!

Toma um toro de pau previamente preparado pra serventia de canga, pendura em cada banda três sacos de aniagem socados de palhas levíssimas, palhas de seu próprio cultivo de milho numa aba do Capa-Bode. Abaixa-se e, com uma ajudinha de minhas mãos, lança a canga sobre os ombros e se larga, trotando, até ao estábulo mal guarnecido, mas cuja cobertura, apropriada aos verões puxados, comeu mais da metade do seu vasto pindobal.

Eu o sigo na retaguarda, sobraçando apenas um daqueles sacos compridos que se usa na apanha do algodão seridó, mas tão socado com os pés até a boca que não consigo fechá-lo.

Enfim, elas vão saindo da leseira, a fome lavra irrequieta.

Começam a se bulir, a sacudir a vassoura da cauda para espanar o enxame de moscas e mutucas que se aproveitam da fraqueza alheia, dão ferradas a torto e a direito, se nutrem do sangue das coitadas. Esticam outra vez o couro do pescoço, mugem, e dilatam as narinas pra absorver a fragrância das palhas e do afeto humano que se confundem e se avolumam nos braços de meu pai, se alastram na caída desta tarde.

Araúna, esta então, habituou-se a se deixar acamar o pelo bastante concha, madorrenta, convencida de si mesma. Mal descerra a pestana. Estremece o couro tocada pelo agrado da mão calosa cuja polpa dos dedos também lhe coça e faz caracóis na toalha do pescoço. Desde que ele ande a pé, habituou-se a segui-lo de pertinho como uma cadela de estima. Não lhe deixa o calcanhar. E tome-lhe lambidas nos braços e nas mãos.

Elas redobram os mugidos fraquinhos e se aglomeram ao pé da porteira, onde ele me aguarda. Babam-lhe as mãos e o pano dos braços. Só faltam mesmo arrastá-lo com as línguas arranhentas. Espera somente para me ponderar que a turbidez no olhar de cada suplicante condensa o próprio martírio gerado nas entranhas, o desengano fortalecido pela fome. Aponta com o dedo:

— Espie a órbita gosmenta de Andorinha, meu filho! Espie direito. Parece uma toca funda com a beira arreganhada.

Franze a cara, solta a suspiração e troca de assunto:

— Você entre lá por detrás. Vá e despeje as palhas por cima do engradado. E se lembre... segure firme. Não dê moleza! Olhe não lhe arrebatem das mãos. E não me solte o saco vazio. Não solte, senão elas devoram.

Ele, por sua vez, mais calejado no traquejo, entra pela porteira da frente, mas com apenas um dos sacos. As vaquinhas o cercam num atropelo, naquela sofreguidão tangida pelas barrigas vazias. Dão marradas com as testas e batem chifres entre si. Ele prossegue entre elas, se contorcendo em zigue-zague, entre encontrões e assopradas de carinho que quase o tiram do sério. Esgueira-se na ponta dos pés, com o saco acima da cabeça sem chapéu, vez em quando alçando mais as mãos pra que as palhas não sejam abocanhadas. Esse alvoroço se repete por três vezes, até o último saco ser completamente esvaziado.

A esta altura, no curso das tardes como esta, era de praxe nos situarmos aqui à parte, escorados na única parede do curral, tomando uma folga. Acompanhávamos o apetite com que, mesmo servidas com uma forragem modesta, classificada entre nós como refugo, elas se danavam a mastigar e engolir numa avidez desesperada, como se saboreassem um manjar dos bons tempos, preparado pelas adoçadas mãos de Cipriano.

Aproveitávamos esse momento de pausa e, palavra puxa palavra, ele comentava a condição particular de cada uma das reses. Eu então azeitava a paciência e ficava a ouvir as biografias minudentes que incluíam nascimento, amamentação, desmama, amansadura, mazelas, pequenos incidentes. Era uma maçada.

A memória retentiva, de disfarçado espírito pedagógico, repunha os capítulos de uma história maciça e bem concatenada que tinha o condão de compensá-lo e talvez nunca lhe saísse da cabeça. Era uma prática sagrada. E, pelo jeito, não saía mesmo, a se tirar pela exalação de suas feições embevecidas.

ARAÚNA

8

Neste domingo onde me ponho, porém, não chegaria a tanto. Está desanimado. Só consegue enxergar a míngua, decantando, uma a uma, as ruindades do momento. As perdas espalhadas aqui e acolá: a escassez dos mantimentos; a devastação das capineiras castigadas nas veias de terra mais enxutas; a água reduzida a poços enlameados, os sinais inequívocos do tempo aberto; a lenta prosperidade interrompida; o lucrinho comido pelo Banco do Brasil e, sobrepondo-se a esse rol de coisas, a penúria do gadinho, das vacas que, por falta de vitaminas, de forragem adequada e suficiente, deixam de entrar no cio, secam o leite, perdem a parição. Desnutrida, a bezerrama perrengue e empelancada caminha trocando as pernas, parece um bando de ratões famintos e enxovalhados. Estão contaminados do mal-triste.

— Meia-Maia tinha uns olhos tão alumientos e agora pegou esse avelide... Do jeito que vai, meu filho, acaba perdendo a vista. É doencinha que não atende a remédio. Flor da Roda recebeu uma pontada no lombo...

Estica o braço e aponta com o dedo.

— Veja o trilho da chifrada que saiu descabelando a infeliz! Se não se cuidar a tempo, pode virar uma bicheira. Boi Menino, esse então, só tem osso e pelanca. Coitado de meu boi! Veja... veja... Mimosinha já anda entrançando das pernas, não demora a cair. É um servição...

São palavras de meu pai.

Não sou psicólogo nem tampouco escafandrista, mas, na qualidade de filho com os pés na cena, presumo que desço ao perau desses lamentos. Em momentos assim, exalta os prejuízos, avoluma as doenças sacudindo as mãos, embaralha a fala, regula estar tomado por um transtorno passional. As provações o saturam, como se lhe abrissem uma artéria para o sangue circular mais à vontade. Não adianta tentear distraí-lo. Ele logo se redireciona ao mesmo assunto numa espécie de autoflagelação.

Engenhosa, enquanto prossegue engendrando esse rosário de desgraças, a mesma cabeça que não sossega também astucia meios de matar a fome de seu gado. Ainda bem. E não é só. Logo adiante se percebe, pelo talhe das feições, que de algum modo ele também se apraz. Parece mentira, mas não é. Quanto mais viaja e se afunda nos desvãos do tempo, mais torna a ficar de pé, mais recobra o alento, sob o império de uma força obstinada. É o que digo. Afinal, são comentos entranhados no rebanho, o que fundamenta a sua experiência e o repõe em comunhão com os velhos troncos. Um bem de raiz que o reconduz ao colo dos antepassados.

Seu gado não foi ajuntado à toa, as matrizes adquiridas barato no refugo de uma e outra feira. São animais de procedência, de castas selecionadas pela depuração de gerações, através do traquejo e do apego da memória afetiva.

Neste exato momento, vejo-lhe a face vincada por uma doce tristeza. Mas, francamente, não consigo discernir com segurança qual a sensação predominante que lhe mana do interior, a ponto de, algumas vezes, embargar-lhe a própria voz. Me ponho à parte, gosto de vê-lo assim, afogado em si mesmo, emendando uma história atrás da outra, ainda que também se mostre castigado.

Visto de frente, com a face evocativa entre as mãos, a testa ampla também emenda com o princípio da careca. Formam um só plano inclinado. A gente olha de perto, e a única linha divisória saliente é o vinco do chapéu. O nariz curvo e ossudo, embicado até a ponta situada bem abaixo do nó, é mais saliente do que espalhado. Como ele tem boa altura, esse traço, que num baixinho pode ser algo aberrante, mal é notado.

A memória refloresce. E a conversa se segura sem ele perder o fio. É quase um monólogo. Assente no que vai dizendo com um sinal da cabeça, espalha em torno de si uma simpatia velada e respeitosa, uma dignidade agradável. É pena que a voz áspera e rachada não se agregue a esses traços. Muito pelo contrário. Serve de reforço ao hábito inconveniente — que ele jamais conseguira superar — de tocar os braços do interlocutor, como se também falasse com as mãos. Devido a essa rudeza de modo, presumo que, no curso da conversa, algumas pessoas se enfadam mais ligeiro.

Agora me respondam perante estes meus olhos: por que os animais tanto o cheiram, e até desatam o nó das cordas, somente pra não lhe soltarem o calcanhar?

De repente... a investida do cão!

— Valei-me, Santo Deus! Misericórdia. O estarramote! O estrupício!

O sobressalto das vacas! O trovejo delas tumultuadas num bolo só!

Aqui diante da gente, no mesmíssimo pavor inesperado, elas já metem os pés e se lançam contra os pranchões de madeira. É o fim do mundo! O tabuado da cerca estala e facheia. A coisa é feia! Meu pai descruza os braços e se recompõe, rápido como um açoite, ligado à situação por uma espécie de azougue.

Calado, um cachorro magrelo e babento escapole sob o pranchão inferior do estábulo.

Meu pai não se desacompanhava do facão corneta, tão afiado que sempre desgraçava a bainha. Mal entrevejo a folha metálica empunhada e erguida. Mas, contra minha expectativa, ele não persegue o cachorro. A lâmina facheia tal um raio num só corte cirúrgico que decepa a orelha de Araúna.

Boquiaberto, não consigo calcular a rapidez com que, num átimo de tempo, lhe acode uma decisão tão drástica envolvendo a sua vaca.

Talvez nem tenha raciocinado. Fora um impulso tão instantâneo, um espasmo tão instintivo que nem ele mesmo saberia explicar. É como se já estivesse de caso pensado, com o bote pronto, e lhe relampejado na mente: dos males o menor. Não me deu tempo a perceber suas feições se alterarem.

De qualquer forma, não foi por clemência que deixou o cachorro escapar. Só podia dedicar-se a um dos dois: era o cão ou a vaca. Fico pensando na fração de minuto crucial em que optou por decepar a orelha de sua vaca. Deve lhe ter custado anos de vida. E como tinha fé no seu facão!

O cachorro manifestara sintomas de estar hidrófobo, ou *azedo*, como se diz na região. Naquela quadra, a vacinação era insuficiente, mal divulgada, conduzida ao deus-dará. E a zona rural sempre ficara excluída. Aqui, aliás, ninguém soubera jamais o que era uma campanha ou providência do governo. A não ser pelo comício barulhento e pela distribuição de santinhos que precedem às eleições. E havia, de fato, um lote de cachorros contaminados vagando pelas estradas. Era um perigo muito comentado. As famílias trancavam as portas. Viviam com um olho nos filhos e o outro na estrada. Tempo doido. Era uma temeridade!

Araúna fora ofendida de raspão e apenas na pontinha da orelha. Mas diante da ameaça mortal, meu pai não pestanejou em tirar-lhe a orelha inteira, fiado na crença de que o seu braço lesto evitaria que o vírus se espalhasse. Foi uma ação justificada, mas nem por isso menos arriscada. A vaca ficaria quase esgotada.

Eu mesmo jamais vira tanto sangue espirrar. Parecia uma torneira de pressão. O chão do estábulo, onde as vacas comem e são ordenhadas, ficou alastrado com aquela mancha vermelha que, para nosso desespero, não esbarrava de se espalhar. E a luta, a aflição de meu pai para estancar a descontrolada sarjadura?

Depois de algumas providências frenéticas, de muita ciência perdida em vão, amarrou o cotoquinho da orelha com uma correia de sola de vaqueta e o cauterizou com um ferro em brasa. Foi o que deu bom resultado.

Araúna se debatia com a corda passada pelos chifres e a cabeça ajoujada rente ao pé do mourão. Todas as vezes que sacudia a outra orelha, talvez com a sensação de que ainda tinha o par, o sangue esguichava longe... Soltava urros de deixar a gente mole e acabada.

Da banda de fora do curral, para onde tinham sido enxotadas, as outras vacas mugiam como que desesperadas, intentavam ajudar. Davam marradas terríveis nos pranchões do curral. Queriam acudir a companheira. Era uma lamentação horrorosa, como se carpissem a dor da morte.

Mas nem por isso as preocupações de meu pai se acalmaram. De noite, não conseguiu pregar o olho, atribulado com o destino incerto da infeliz. Enfim, era sua vaca de estima.

9

Na manhã seguinte, deu de rédeas ao cavalinho e rumou pra Citrina. Ia quase avoando. Precisava descarregar a consciência, colher alguma certeza do técnico em veterinária ou de outros entendidos que pudessem prescrever alguma beberagem, raiz de pau, uma mesinha ou injeção e enfrascado de farmácia para salvar a sua vaca. Qualquer coisa lhe servia.

Chegando lá, apeou-se, amarrou o cavalo numa sombra de algarobeira e foi se postar diante da porta do escritório.

Manhã de segunda-feira não dava outra: em qualquer repartição do governo, o chefe só chegava atrasado. Era de bom-tom. Um atestado de soberania. Somente lá para as nove o técnico apontou na esquina acompanhado de um terno de fregueses que naturalmente era íntimo, costumava procurá-lo na própria casa. Talvez até o tivessem acordado. Nas cidades pequenas, proliferam esses compadrios. Aproximavam-se conversando animados.

E meu pai de parte só olhando... só olhando... De repente, foi fechando as feições à medida que vinha se desenhando, no grupinho, o corpulento e macio Duarte Pirão, que, desde menino de escola, não era flor que se cheirasse.

Meu pai ficou para não viver. Somente ele sabia a desgraça que, naquelas delicadas condições, o sujeito lhe representava. Quase sofre um ataque, como se a quentura do sangue lhe caldeasse as artérias.

Viajara cheio de fé, disposto a ir longe, a ouvir o parecer

dos entendidos, disposto mesmo a gastar um bom dinheiro. Mas, ao dar com o antigo colega de escola, intuiu logo que o caldo fora entornado. Sabia que, no que concerne aos animais, não havia meio-termo, suas opiniões e atitudes se excluíam: umas pra lá, outras pra cá.

Ainda assim aguardou pra consultá-los. Deu-se um tempo, entrou com eles na repartição, visto que o caso merecia. Abancaram-se.

Enchera-se de paciência e começou a relatar miudamente, forçando aquela espécie de simpatia que, sob o conduto da voz crespa, nem sempre redunda em agrado — como Araúna fora gravemente ofendida. Desta vez, nem carecia florear.

Mas não conseguiu ir além daquele ponto em que o cachorro escapulira e o chão ficou coalhado com o sangue de sua vaca. Foi justo aí que Duarte Pirão o atalhou, intempestivo, pulando-lhe à frente:

— Mas ainda estão vivos? A vaca é sua, meu caridoso Desidério. Mas o caso é de polícia.

Bem, talvez tenha sido a primeira vez que meu pai se sentira desconfortável numa roda de conversa, visto que arengava razoavelmente, nunca se furtava ao diálogo. Em rapazote, antes de os anos o maltratarem, dizem que fora chegado às caçoadas. De qualquer modo, era traquejado na convivência, admitia até certa malícia dos mais cheios de grana e durões, a ponto de acatar a hierarquia entre as pessoas.

Mas, dessa vez, segundo me contaria, metera os pés pelas mãos. Destrambelhara. Acusaram-no inclusive de egoísta, de renegar a medicina, de ser incapaz de um gesto fraterno em benefício da cidade. Era um homem das cavernas. Admiravam-se de que não fosse cabeludo.

No meio da saraivada de ofensas, Desidério, desligado de si mesmo e dos outros, só enxergava direito a sua vaca.

Ficou um tempão com a boca aberta. O bolo das vozes prosseguia numa só direção. Cada um mais entendido do que o outro. E ele contemplativo, naquela fixação.

Como todo conversador compulsivo, ele preferia falar a ouvir. Gostava mesmo de encompridar conversa, mas arrepiou-se, sentiu logo que dessa vez não iria longe. Por outro lado, era moderado de gênio, reconhecido pela paciência estocada. Não costumava romper o diálogo com atitudes imperativas. Sabia que era burrice partir para o enfrentamento desigual com palavras explosivas.

— Não sei que espinho me cutucou — explicaria mais tarde — que, quando dei acordo de mim mesmo, já tinha perdido a cabeça e fui ficando alterado. Me deu um queimor por dentro — esfrega a mão aberta na barriga — que me doeu até os bofes. As ideias acudiam aos borbotões, mas a língua engrolava. Ainda bem que, lá atrás, já tinha declarado tudo bem explicadinho, com o fito de enfraquecer os Herodes!

Repisei que o mal do cão era duvidoso. Não passava de mera suspeita. Que só me faltava ter nas mãos um atestado! Não podia dar certeza se o cachorro fora deveras ofendido. Afinal, o susto fora tão grande que a cabeça ficou quente. Talvez tudo não passasse de engano, de uma precaução exagerada. Aliás, talvez? Não, não tinha nada a esconder. Era isso mesmo. Fora zelo excessivo pela vaca. Viera ali por vontade própria. Foi ou não foi? Já explanara tudo tim-tim por tim-tim. Dava a mão à palmatória. Precipitou-se. Estivera redondamente enganado.

— Mas, sr. Desidério, o senhor vir de tão longe, e não ter certeza de nada? — O técnico o escorou.

Meu pai sentiu que o pronome cerimonioso repetido não era distinção. Não se harmonizava com a rudeza da reunião. Achou até graça no tom solene da frase. Era simplesmente uma alfinetada. O outro prosseguiu com titubeante discrição, olhando de meia esguelha, colhendo a reação dos comparsas. Escorrega daqui... escorrega dali... É a tática brasileira. Medo de comprometer o seu apadrinhamento, uma vez que fora nomeado na cota do deputado Canuto. No final, se sentindo suficientemente acobertado pelos outros, veio com uma sentença que mataria a esperança de meu pai.

— A vaca precisa ser sacrificada!

Os outros três comparsas suspiraram com a mesmíssima expressão meditabunda. Pra não perderem a grandeza, deram-se uma pausa solene. E como se arrancassem das entranhas uma sentença filosófica e bem profunda, enfim se manifestaram:

— Apoiado.
— Apoiado.
— Idem.

A seguir, afastaram as cadeiras e se puseram de pé. Desidério tratou de cair fora. Mas antes de alcançar a calçada, ouviu que Duarte Pirão gritara, por detrás de suas costas:

— E toda essa contenda pela desgraçada de uma vaca...

Meu pai deu meia-volta e, justo nesta altura, entendeu que chegara a seu limite. Com a mão aberta que logo encostaria no peito do rival, o encarou entre dentes:

— Basta... abasta...

A mão foi a mesma cujo gesto raspara o próprio gogó pra demonstrar que não desse mais um passo adiante, que estava de medidas cheias.

Ele ainda me diria que pensara em armar um barraco. Era a maneira desconfortável que lhe restava pra vencer os obstáculos, indo além da razoabilidade. Mas sentira, na contundência das feições alheias, a firmeza do propósito. Estavam determinados a não retroceder. Era a lei. E ponto final! Não havia mais condições de se conversar numa boa, nem adiantava apelar pra outros recursos. Enfiou a viola no saco e regressou desenxabido, com a cabeça no tempo quase a estourar.

Na afobação em que saíra de manhã, esquecera do chapéu. Voltava inconformado, com aquela recomendação desgraçada lhe roendo as entranhas, ainda mais ditada em tom de ordem, como se sua vaca estivesse contaminando todos os animais do município.

Chegou em casa inconsolável. Não! Ele jamais aceitaria. O tempo fechou.

— Semana repassada foi Borboletinha. E agora, Araúna. Não... não me garanto... Não me aguento! Tô em tempo de procurar Duarte e fazer uma besteira.

E o artifício que bolou pra conservar a sua vaca foi isolá-la no meio da mata (no íntimo, nunca deixou de acreditar que ela fora mesmo ofendida), levando-lhe ração todos os dias, vigiando-a de perto durante o prazo estipulado para a incubação do vírus (se bem me recordo, naquele tempo incerto eram uns três meses), atento aos primeiros sintomas como tremores e vertigens.

A fiscalização sanitária não existia. Ou fazia vista grossa. Pra robustecer o culto de meu pai, que não era um são Francisco de Assis mas passou a vida inteira lutando a favor dos animais, Araúna viria a escapar.

Meu pai espalhara o milagre, mas ganhou fama de homem perigoso, de um "maçone" que não hesitara em prejudicar o povo em favor de uma velha vaca lazarenta. Bem, pra aproveitar daí alguma coisa, a vaca *morreu de velha*, como dizemos aqui na região, morreu assistida por Sebastião, em pleno pasto da porta, mas não sem sobreviver por mais oito anos, sem demonstrar o mais leve sintoma de que um dia fora ofendida.

DUARTE PIRÃO

10

Duarte e Desidério, essa dupla desunida, chegaram a partilhar, no Educandário Oficina do Saber, a mesma carteira, cuja tampa inclinada servia de apoio à leitura de livros e notas de cadernos. Pois bem, as bisagras dessa tampa móvel eram parafusadas, pela borda superior, numa tábua nivelada em cujo centro havia um orifício apropriado ao tinteiro. Fornecida pela própria escola, não preciso dizer que a tinta era uma nanquim qualquer, sem marca e barata — nem Pelikan, nem Parker, nem Sheaffer, nem Hero. O tinteiro ordinário, adquirido no armarinho de Quinha, exibia-se ali no topo da carteira. Era pra servir ao par, aos dois colegas de carteira — frisava a diretora, com o fito declarado de habilitar os usuários à prática do bem comum. Ainda não estava em moda, não circulava na mídia chocha de então — a palavra *cidadania*...

Naquela época, as famílias da classe média em geral mantinham algum vínculo com as propriedades rurais do município. Duarte e Desidério, que eram da mesma faixa etária, não fugiam à regra. Conviveram ali por três ou quatro semestres letivos. Se bem que "conviveram", se tomarmos a palavra pelo lado mais saudável, não é o melhor termo. À medida que o tempo corria, iam se desentendendo mais do que o admissível entre colegas do mesmo nível social, numa cidade tão acanhadinha.

O *Pirão* só chegaria a somar-se ao Duarte bem mais tarde, depois que o próprio casaria uma aposta pra comer, numa gamelinha apropriada, um pirão com meio litro de farinha das

Caraíbas, escaldada na gordura de um osso de correr de vaca velha que, sob a pancada bem batida de um martelo, nunca esbarra de marejar.

Como o tipo arredondado e bisonho destilava certa graça, rolando os olhos benévolos, com o branco da córnea mais pronunciado, como se estendesse a mão num gesto afável, a rapaziada se descompunha e delirava. Davam-lhe corda e ele se esbaldava. Retorcia os quartos na cadeira, espichava as bochechas com os dedos, tripudiava nas caretas. Esses e outros trejeitos eram cócega para a molecada.

No princípio, entregues ao inopinado divertimento que valia por uma pausa de alívio, um momento de recreio que compensava a férrea disciplina da escola — os olhos de todos os alunos, sugados pela novidade, não chegaram a reparar que o júbilo de Duarte atingia o pico da exaltação justo quando algum colega, espinafrado por não saber a lição de leitura ou da tabuada, metia a cara no chão, morto de vergonha. Parece que a humilhação alheia lhe escancarava as válvulas propulsoras do prazer.

Mas a percepção dos colegas não chegava até aqui. Afinal, ainda eram quase crianças. Não é difícil entender que, em tal idade e circunstâncias contaminadas pela diversão, ninguém da turma estaria preocupado em associar o suplício de um fulano ao arrebatamento de beltrano. Seria pedir demais. Nessa linha de conduta engraçada, o instinto de Duarte prosperou com a mesma rapidez dos espertalhões que criam barriga se metendo em política.

O apetite foi ficando escancarado e ostensivo.

A insaciabilidade transcendia e levava de roldão o equilíbrio e a previdência que convém jamais se relaxar. Talvez ainda não tivesse idade pra ponderar que qualquer manifestação abusiva tinha lá os seus perigos. Um magnetismo oculto o cegava a tal ponto que, sem desconfiar de nada, com a cara de um anjinho barroco brincalhão — passaria a ser notado por um bando de colegas.

Se, porventura, a diretora caía em cima de um aluno que relaxara, com puxões de orelha e mais o diabo a quatro, a classe inteira se voltava não para a vítima; mas para ele, Duarte, boquiaberta, com aplausos e a torcida que lhe expandiam as feições maravilhadas.

Mais ou menos nessa altura, numa certa quinta-feira, alguns colegas se levantaram das carteiras agoniados, quase chorando, exibindo à classe inteira as mãos e os braços encalombados. Deles que até teriam febre, e aproveitariam a embalagem pra emendar a sexta com o fim de semana.

Nos anais da escola, esse dia ficaria memorável! Última vez que viram o Duarte a se torcer e se esbaldar com a corda toda. De corpo e alma entrelaçados no desvario...

Enquanto assistia à coceira e ouvia a choradeira frenética dos colegas encalombados, ele afinal deve ter caído em si e se mandou de fininho: foi verter água na sentina. Trancou-se por dentro e demorou... demorou... talvez lhe acudisse um rebate de consciência, a certeza de que dessa vez exorbitara, fora longe demais. Suponho mesmo que se preparava pra sofrer...

Ao reentrar na sala com a cara pendida, carregada de culpa, todos os olhares chisparam sobre ele, como um fogo que se ateia. Ninguém o apontou com o dedo. Não se ouviu uma única acusação. Nunca duvidei da força que tem o olho!

A diretora Lourença ergueu-se, cresceu meio palmo, e ficou quase um minuto inteiriçada como uma jararaca.

Fez-se um silêncio absoluto. Os ruídos de fora se amplificaram, tomando conta da sala.

Alguns privilegiados avistávamos, pelo janelão retangular, o carro de boi de Zé de Joana, numa carrada de proa. Ia abastecer de lenha a padaria de Zé Freire, de quem o titular era freguês. O canto apertadinho, mais o cheiro dos bois, chegaram a abafar, por um momento que nos pareceu eterno, os gritos da diretora, que pulou do estrado, literalmente, sobre a orelha de Duarte!

Tão rente àquele que ainda não era meu pai, que este lhe ouvira o desespero se espalhando, a respiração alterada.

No final do arrastão, alçou-o ao estrado ainda agarrada na orelha como uma sanguessuga, abriu a gaveta da escrivaninha com a mão esquerda, apanhou a palmatória já alçada, fechou a gaveta com o joelho e, perante a turma inteira, sapecou-lhe as duas mãos de bolos, até a vítima se urinar.

Logo a seguir, a sindicância montada para apurar a brincadeira pesada não teve cara de devassa. O réu confesso confirmou a malvadeza. Foi longe. Desceria a pormenores.

Diria mesmo que tomara a precaução de espalhar as lagartas nos quatro ângulos da sala, longe da carteira que dividia com Desidério. Encontraram vinte e duas lagartas-de-fogo felpudas e listradas de amarelo que ele recolhera num cajueiro. Pareciam umas rainhas! Trouxera-as embrulhadas direitinho e, na hora do recreio, as metera escrupulosamente entre livros e cadernos de colegas...

11

Fora o seu mês de azar. Dias mais tarde, correria outra notícia: ao vê-lo de mãos inchadas, o próprio pai fizera uma sindicância sobre o caso e, ao findar numa boa gargalhada, consta que deu um voto de louvor a dona Lourença, famosa pelos pinicões de orelha; e que murmurara entre dentes:

— É pena que, em tais mãos, eu tenha de deixar a Indaraíba...

Ocorre que justo naqueles dias andava ressabiado porque Duarte, munido de uma lasca de bofe e uma cordinha de sedém, fizera uma armadilha de laço e degolara um urubu no quintal da própria casa, onde as aves de rapina enxameavam devido à proximidade com o talho de carne-verde, onde as fateiras, e até os magarefes, descartavam vísceras e ossadas. De forma que, devido ao fedor, choveram reclamações. A nossa briosa equipe da limpeza pública (Zé Aleijadinho, sinha Constança, o velho Antão e dona Merença) é quem pagou o pato.

Conforme a crença embutida na nossa tradição, na nossa tão falada *cultura*, matador de urubu atraía sete anos de atraso. Era um vaticínio intocável. Bicho abençoado! Sem o rebanho deles, quem iria limpar a carniça deste mundo? Citrina ia apodrecer debaixo da catinga.

Boa parte da cidade atirou-lhe pragas terríveis. Uma leva de velhas, de xales na cabeça, ocupou a igreja, de mãos postas e ajoelhadas nos degraus que levam ao altar, com invocações e promessas aos santos protetores. Houve ameaça de desforços à família de Duarte. Os mais velhos, mais crédulos e renitentes então, desses que são reféns da cultura, fizeram até despachos, encomendando a sua alma ao diabo.

A partir daí, ele sentiu-se pressionado. Tanto em casa como na escola, passaria horas de tormento, amargando o diabo. No trajeto entre esta e aquela, começaria a ser apupado pela molecada que o atocaiava na passagem pela rua Santa Cruz.

Vidinha miserável! Tinha de despistar os malvados, alternando o percurso. Despistar também o próprio contentamento. Esse ponto era o pior. E inadiável. Era a condição da própria sobrevivência: mentir a si próprio!

Assim principiaria a aprendizagem da dissimulação.

Para conquistá-la, persistiria em acatar o sofrimento, cujas estratégias inclementes lhe incutiram uma sabedoria toda especial. É o preço que tinha de pagar. Sem a experiência deste — passaria a bravatear! —, todo triunfo é provisório.

Foi nessa altura que passou a agir com bastante perspicácia, manha e cautela. Pois se ninguém o aceitava como era — paciência. Precisava se cuidar.

Escolou-se em fazer listas secretas de tudo quanto não presta, daquilo que devia ocultar aos olhos do mundo. Das tiranas presepadas que, embora lhe trouxessem prazer, não deviam ser vistas nem contadas. Foi se forçando a represar o próprio sentimento.

E, nessa linha de conduta, só desfrutava qualquer bobagem quando se encontrava sozinho. E agir escondido, propositadamente, é a mais radical das dissimulações. Pronto! Agora, indo por esse caminho, ninguém mais o flagraria esfregando as mãos de contente. Acabara-se aquela alegria ostensiva. Se as entranhas continuavam a se divertir, as feições não demonstravam. Já não teriam razões para acusá-lo.

Correram dias e semanas. A memória é realmente concessiva. Compungido e todo encolhidinho, dividindo a carteira e o tinteiro com meu futuro pai, não passava pela cabeça de ninguém que Duarte tivesse realmente uma índole perversa. Começou a se comportar tão dentro da bitola que até mesmo dona Lourença, que lhe sapecara as mãos de bolos a ponto de dificultar-lhe, por uma semana inteira, o manuseio de livros e cadernos, começaria a distingui-lo como "o meu aluninho recuperado"...

Abordando a questão por outro ângulo, é o caso de se perguntar: quem pode aquilatar o que ocorre num coração ferido e forçado a esconder os ultrajes impingidos ao semelhante ao ver-se de posse de um álibi incontestável? De algum modo, munido com trapaças de ocultação que o "inocentam", o sujeito insaciável deve sentir-se um super-homem. Enfim, julga-se no direito de gozar, na clandestinidade e na imaginação, os pecados que lhe imputam na dimensão real.

É uma válvula de escape. E tem de ser ciosamente bem aproveitada. O mal oculto sempre tende a piorar. E se adivinhassem a permanência de seu instinto perverso, ficariam horrorizados... Forjando uma carinha de santo, Duarte teria dupla personalidade? Era culpado ou inocente? Continuaria a seguir com as mesmas patifarias consciente de que seus crimes ficariam interditados e seriam negados?

Quando vim a conhecê-lo, já era homem maduro. De menino pra adulto, as feições pouco se alteraram — recordaria meu pai. De forma que, anos e anos depois, qualquer pessoa normal, com um dedo de memória, poderia reconhecê-lo.

Sempre tivera o rosto assim meio balofo. A cabeça gorda a prumo com as bochechas moles, acima das quais se acentuaram nas fontes as veias que, naquele tempo, decerto não eram tão saltadas, em ponto de rebentar. Os olhos eram redondos e grandes, com o branco da córnea bem pronunciado, repito. Fitavam a gente pelos cantos, como se fossem enviesados. O lábio de cima era mais volumoso do que o inferior, assim como o de uma Raquel Welch masculinizada. Digamos, mais disfarçado, visto que a boca não era tão rasgada.

Uma coisa que não se coadunava com a fortidão corporal era a falinha aguda e macia. Mas não se infira daí que fosse afeminado. Era um varão! Fora recruta. Servira no Exército. Guardava a sete chaves uma farda. Quando rolava de goela abaixo uns golpes de conhaque de alcatrão São João da Barra, arrotava que era militar.

Durante a Quaresma, ano após ano, ele tomava a frente de um piquete com meia dúzia de devotos e ganhava as estradas reais do município com as espingardas a tiracolo.

Espalhava aos quatro ventos que iam em peregrinação. Que se impunham a penitência de caçar malha-de-sapo, papa-pinto, jararaca, malha-de-traíra, salamanta, cascavel e outras bichas, na beirada dos riachos, nas moitas de assa-peixe, nas várzeas infestadas de taboas. Naquele tempo, diga-se a seu favor, um cristão verdadeiro que topasse com uma cobra e não lhe espatifasse a cabeça era recebido com indignação. Era ter parte com o demônio. Até a imagem de nossa padroeira esmagava com os pés uma serpente. Era exemplar!

Mas a liderança de nosso Duarte nem sempre cumpria esse roteiro anunciado. Preferia ganhar a vereda da Quixabeira para envenenar os poços batendo na água ramos e raízes de tingui. Na manhã seguinte, era aquele despotismo de peixes boiando à flor da água. Com uma tinguijada a jeito, não sobrava nem uma piabinha pra semente. E a pescaria vinha a calhar visto que a Quaresma era, por tradição, a quadra de se trocar carne por peixe.

Essa pequena brigada paisana arranchava-se ali na própria fazenda Indaraíba, vizinha dos Moreira. E haja peixada adubada com cachaça, ou conhaque de alcatrão!

Depois de fartos, com as panças abarrotadas, tomavam as redes do alpendre pra uma soneca descansada, enquanto esmoíam a refeição que nem uma jiboia. Mais tarde, já com a fresca, supriam-se de mais munição para as espingardas e partiam para praticar a matança dos cachorros azedos que infestavam nossas estradas justo nesse período quaresmal.

Por essa e por outras, Duarte era uma figura falada e conhecida no município inteiro.

O retorno dessa breve temporada de caça, que dizimara cobras e cachorros, era em geral bem acolhido, e até celebrado ruidosamente por alguns confrades que tinham, de algum modo, alguma morte na família atribuída a tais bichos.

Admirem-se... façam o sinal da cruz... mas o que querem? Não esqueçam que na zona rural daquele tempo o povo era relegado ao abandono. Não existia nem no registro do censo. As pessoas ofendidas pela peçonha dos ofídios ou pela hidrofobia dos caninos arcavam com esta sentença: marcado para morrer! Não havia apelo nem alternativa que modificassem a situação. O soro antiofídico e a vacina contra a hidrofobia, que deviam ser fornecidos pelo governo, não circulavam entre nós. Só serviam como fonte da piada como esta que assesta no avarento: seu dinheiro é *invisível que nem perna de cobra, ou que nem ajuda do governo*. De fato, o negócio tinha a cara de epidemia. E os antídotos eram absolutamente inencontráveis.

A boa fama de Duarte Pirão correu longe.

Num ambiente desassistido, essas ações "saneadoras" são irmãs gêmeas dos milagres: e se propagam ligeiro como um rastilho de pólvora. Os poderes municipais não se comprometiam, empurravam o problema com a barriga, e jogavam a responsabilidade na mão do governo estadual. Este imitava o primeiro, e atribuía a safadeza redobrada ao governo federal. Como as sedes desses dois últimos poderes ambas ficavam longe, praticamente inalcançáveis, a bomba voltava a cair no colo da prefeitura, a única que, de fato, por contiguidade, poderia ser pressionada.

Ao se sentir encurralado, o prefeito então alegava falta de verba, e passava a admitir que a perseguição aos cachorros era uma obra saneadora. Se o governo não agia, não olhava pela população, alguém tinha de fazer alguma coisa.

Como contava meu pai, o prefeito, vereadores, juiz de direito, delegado, promotor, chefes de setores da saúde, todas as autoridades municipais permaneciam de braços encruzados. E enquanto isso, a nossa população rural, de pobreza endêmica e ignorância palmar, continuava vulnerável a picada de cobra e a dente de cachorro. E é aqui que entra Duarte Pirão.

Agora, digo eu: se o consenso geral visava o saneamento da região, vejam só quão nefasta era a omissão do governo pra sociedade dos homens e dos bichos.

Ah, as nossas autoridades! Quem for besta se fie nelas!

E a pisada de nosso intrépido personagem só mudaria de tom porque dois ou três colegas daquele piquete não suportaram mais conviver com a sua malvadeza pessoal. Estavam, há tempo, com a consciência arrepiada.

Atravessados pelo medo, podiam até lhe servir de ordenanças, armar-lhe a espingarda, mas, no duro mesmo, torciam pra que ele errasse o alvo, ou o cartuxo enganchasse, ou a mola do gatilho afolozasse. Que a arma negasse fogo e falhasse. Não tinham sequer a quem prestar queixa. O próprio delegado desconfiava do assunto, mas, ocupadíssimo, não se dignava a escutá-los.

Foi aí que, revoltados, eles resolveram pôr a boca no trombone. Espalharam que, a partir de um certo ponto, Duarte passara a matar indiscriminadamente cachorros velhos, novos, doentes, saudáveis e o diabo a quatro. Até gatos caíam no chumbo grosso. Atirava somente para ouvi-los ganir ou miar depois do estampido. Gritava de satisfação quando algum deles rolava numa encosta ou pirambeira.

Até aí, tudo bem. Há certas prefeituras que ainda procedem do mesmo jeito e sob a mesma alegação. É sempre o inveterado "saneamento". Apesar dos protestos contundentes, das consagradas ONGs, de associações protetoras dos animais e coisa e tal, recolhem os inditosos nas carrocinhas e levam-nos, segundo propagam, a viver em confortável abrigo. Mas, por debaixo do pano, agem à sorrelfa. Há encarregados, com luvas e máscaras, que ganham somente para dar-lhes um jeitinho...

Como vemos, uma ação desse teor, numa sociedade de mãos manicuradas, distinta e refinada, só pode ser condenável. Mas, convenhamos, as atitudes interiores progridem bastante devagar. Desconhecem pulos e conchavos.

Nem tudo está perdido. Afinal, estamos um passo à frente de Duarte Pirão, que, conforme aqueles colegas do piquete, adorava matar os bichos, de pequenos a graúdos, mas somente depois de horas e horas a torturá-los.

12

Bem, o tal piquete passou. O barulho que levantara, com o juiz de direito se metendo pelo meio, andou dividindo a cidade. A audiência — rezava a convocação — é um recurso da comarca pra apaziguar os mais exaltados. Mas, dizia meu pai, com o meritíssimo colado a uma das partes, a confusão só tendia mesmo a piorar.

Duarte Pirão nem sequer comparecera ao juizado. Mas, de qualquer modo, com o prestígio abalado por uma das partes em litígio, meteu o rabo entre as pernas e retirou-se dessa linha de combate. Foi socar-se na fazenda, onde tinha o seu negócio de venda e troca de animais. Um lugar bem sossegado para que fosse esquecido, pra repensar o malfeito ou mesmo pra espairecer.

Decorridos anos nesse retiro abençoado, muito pouco pisara nas ruas da cidade. Lá uma vez ou outra, nessas conversinhas de bar, jogadas fora, mantidas por desenfado, vinha à tona o seu nome. E, então, acontecia de algum fulano abrir a boca pra perguntar, fortuita e displicentemente, se a sua mentalidade progredira ou se continuava maltratando os animais... Mas era perguntinha à toa. O pessoal nem ligava.

Foi nessa altura que remeteu uma embaixada a meu pai, confirmando que chegara o momento de contar com os préstimos do amigo e ex-colega, se bem que no ramo da profissão.

Frisara bem. Explanava que, como era do conhecimento de todos, adquirira as terras que o primo Toledo — tão íntimo que se tratavam por mano — herdara dos pais. Comprara a olho. Comprara sem medir. Negócio de família, negócio entre parentes achegados. Tirara a cerca que servia de baliza entre os dois e ficou com o pasto bem maior, pra o gado viver folgado. Apossara-se da várzea na direção do Capa-Bode, várzea que sempre cobiçara. Negócio-da-china! O descampado era um refrigério. Entre ele e o primo, unha com carne, tudo fora resolvido e liquidado. Negócio a ferro. Negócio a dinheiro. Contadinho e conferido, maço a maço, em cima do joelho.

Pois não é que agora, justo quando resolvera transferir o documento, o cartório lhe vinha com lero-lero! Oficiou que só fará a escritura certinha, registrada e carimbada, depois que o mapa, a medição da terra, e mais a baita de uma papelada, forem devidamente apresentados. Não é uma exigência descabida? Uma coisa por demais? Muitos reparam nisso: todo tabelião é um oficial sem amizade. Não aceita acordo. Passa a vida com a bunda assentada numa cadeira almofadada, regendo o cartório, inventando documento pra comer nosso dinheiro. Bicho sabido!

A essa altura da vida, meu pai, que tinha algumas luzes espontâneas, que era expansivo e bem relacionado, tornara-se oficial de justiça, cujo cargo vitalício estava vago. E, muitas vezes, pela proximidade natural com o meritíssimo, que carecia de um funcionário de confiança, era encarregado de medir as terras em litígio, pois que ele se firmara como o agrimensor de nossa região. Com isso, aumentava o ganho modesto e empurrava o restinho do dinheiro na fazenda, que então ainda lhe rendia muito pouco.

Contratara um ajudante e andava com aquela tralha do ofício pra cima e pra baixo, tirando retas e ângulos nas pastagens alheias. Tralha que constava de um grande tripé de madeira com as pernas de encaixe que subiam até 1,80 metro, a caixa de lentes de aproximação e mais o diabo a quatro. Mal acredito que todos aqueles apetrechos complicados são, hoje em dia, substituídos com vantagem, e com mais apurada precisão, por um simples aplicativo num celularzinho de meia-tigela. É mesmo de arromba.

Bem, duas semanas mais tarde, meu pai se mandaria para Indaraíba, ia cumprir o trato, proceder à medição.

Os dois ex-colegas, que haviam molhado a pena no mesmo tinteiro da escola de dona Lourença, olharam-se nos olhos, não como se reencontrassem o abrigo de uma memória reconfortante, mas com aquele pestanejo intermitente de quem apalpa o terreno porque não sabe onde pisa. Deram-se as mãos num aperto meio amistoso, mas sem derramamentos: um de lá... outro de cá.

— Esta semana, Desidério, vocês se arrancham por aqui. Sinha Joana, quando sobrar um tempinho, prepara a camarinha — falou com uma expressão de fastio, que desmentia a cortesia.

— Agradeço, mas fica pra outra vez, Duarte. Meu ajudante tá com um menino doente.

Amaciou a voz, compôs uma pausa de efeito, e fez que não percebera a grosseria.

— Não tome como desfeita, Duarte. O convite é uma beleza.

Pinica o olho ao acumpliciado.

— Mas nossa dormida é em casa.

Duarte, que não tinha nada de tapado, percebera a irreverência. E como manjara que Desidério não voltaria atrás, que a recusa era definitiva, ficou mais à vontade para espichar a cordialidade, ciente de que os lograria.

— Se é devido ao rapaz, não façam cerimônia. Não tem licutixo. Há rancho pra todo mundo. Aliás, vocês da cidade são finos, nadam no conforto. É por isso. Vou mandar o seu rapaz armar a rede aí nas escápulas defronte da janela. Garanto que vai dormir como um paxá.

— Você fala bonito assim porque é preparado. Se não bastasse a fama de Indaraíba, desta morada agradável. Mas só agarro no sono no meu velho colchão de lã de barriguda. Não há doutor que dê jeito. E você, Zé Guardino?

— Sim senhor. Pra não pular sua pergunta, se não couber agravo, digo que sou mais fino ainda. O lastro de minha tarimba é envarado. E só pego no sono direito se o nó da derradeira vara me fizer uma cosquinha na capa das costelas. É um roça-roça danado. Não há quem diga: acostumei!

Bem, a conversa terminou por aí, num tom risonho e amistoso. Desidério se prontificou a ir andando pra se lançar ao trabalho. Precisava demarcar onde se postaria o ajudante, conferir a distância das tangentes, os ângulos mais fechados ou mais abertos. Tiraria o lápis na orelha pra anotar tudo direitinho na caderneta, onde também esboçava os desenhos.

Meio-dia, pausa para o descanso sob a árvore mais próxima. Comiam farinha seca e jabá de uma mochila de pano. Bebiam água da cabaça pescoçuda que Zé Guardino reservava ao lado dos apetrechos, cobertos por uma braçada de erva-de--são-caetano que enramara na cerca. Protegia a água contra a luz direta do sol que facheava. Logo logo, retornavam ao serviço, que prosseguia até as quatro e meia, hora de arriarem. Aí então, na volta, passavam pela casa da fazenda pra trancar os apetrechos, visto que eram pesados. Por fim, selavam os cavalos e regressavam à cidade.

Dias seguintes, a rotina seria a mesma. Duarte, que lhe passara sumariamente as indicações gerais, pouco andava por lá. Apesar de ex-colegas, se falavam o estritamente necessário. Mas como se tratava de um trabalho de ofício, paciência, pode-se dizer que a coisa corria a contento.

Quanto à antiga pecha de Duarte, que também, na mesma escola, pegara fama de taradinho, não sei se fora reduzida ou reforçada, se fora banida ou persistia. In loco, os vestígios eram insuficientes, não levavam a nenhuma conclusão. De apalpar com a vista ou com as mãos, Desidério não deu com nenhuma pista que o levasse a algum convencimento. Embora no ambiente geral aflorasse um certo ar de mistério, fácil de ser suspeitável. Ao vê-lo por perto, a meia dúzia de empregados se entendia entre si mediante cochichos de pé de ouvido, esticadas de canto de olho. Disfarçavam. Afastavam-se devagarinho, com manobras evasivas, com aquele menear de corpo inseguro, de quem fora industriado.

Não coube ocasião de assistir ao ex-colega na lida com os animais. Os indícios o levaram a suspeitar que a sua própria presença não seria bem-vinda no curral, erguido e recuado ali bem pertinho, cerca de oitenta braças do quintal da Casa, que era refrescada por um eito de vento soprado do nascente. Chegara a ficar intrigado com os cuidados que despertara. Essa engenharia singela protegia os moradores contra o mau cheiro que porventura exalasse da bosta e do mijo da redada de animais.

Notou também que não havia o menor sinal de que as garrincheiras houvessem um dia construído ninhos nas travessas e ângulos do alpendre, nas empenas do telhado. Aliás, nesse setor, era uma casa despovoada. Não se ouvia um só bem-te-vi, um galo-de-campina, uma maria-barrela, um estevão, uma pega, um concriz, nada, nada. Os passarinhos ganhavam altura e não pousavam no telhado. As frutas maduras apodreciam no quintal. Até os dois cachorros de guarda não davam sinal de vida. Dormitavam cevando as pulgas, encolhidos debaixo de um banco.

Desidério, que era um bamba em assuntos com bicho pelo meio, ficou impressionado com o silêncio sepulcral. É como se ali nunca houvesse nidificado passarinhos. Fora um mau pressentimento. Uma sensação esquisita, anotem bem, mesmo antes de saber, dias depois, que ele, Duarte, assoprava as penas da barriguinha de canários, chorões, caboclinhos, pintassilgos sob pretexto de investigar a que sexo pertenciam. A seguir, pegava a arrancar, uma a uma, as penas dos bichinhos. Meticulosamente! Pras penugens, empunhava o diabo de uma pinça. Viravam uns pelocos depenados. Poupava-lhes apenas a cauda e as asinhas. Não por espírito de clemência. Mas pra deixá-los em condições de alçar voo, tontos e trôpegos, com os membrinhos desgovernados. Era o seu divertimento.

SACUNDINA

13

As suspeitas pispiaram a se aclarar na quinta-feira.

Desidério e Zé Guardino acabaram de abrir uma picada a golpes de facão a fim de proceder à medição do rumo entre Duarte e os Moreira. O mato, de boa altura, foi convenientemente desbastado, de forma que, ao posicionar o aparelho, Desidério avistasse Zé Guardino, agitando um pano vermelho numa vara, erguida na outra ponta do rumo, onde ficava a baliza. Vê-se que a distância era um pedaço avantajado.

Estavam nesse mister quando então, ao apurar o olho, Desidério vislumbrou, do outro lado da cerca de arame, na propriedade vizinha, um alguém que se movia. Que paracé é aquele? Um homem ou uma mulher? Aproximou-se. Notou que o vulto trazia um pano enrolado na cabeça, e estava ao lado de um cesto de cipó, acocorado no meio da pastagem. Foi nesse momento que ele se advertiu. É aqui que entra o dedo do destino.

Devia ser uma mulher. Ele chamou-a com um grito, secundado por acenos de mão. Ela só fez virar o tronco. Postou-se completamente de costas. Ele firmou mais a vista. Não dava pra distingui-la direito. Mas enxergava que a criatura erguia e abaixava o braço numa cadência repetida, como se quebrasse dicuri ou castanha de sapucaia. Agisse com mais lentidão, era a pancada de um monjolo.

Zé Guardino pisou no arame inferior da cerca, abaulou o outro fio farpado pra cima com as duas mãos, de forma a abrir um espaço adequado onde Desidério se enfiasse. Este atravessou a cerca tranquilamente, sem a menor espinhada na roupa ou nos braços. E marchou pra frente.

Era mesmo uma mulher. Sozinha como uma árvore desolada no meio do pasto, a presença o intrigava. Avançou para falar com ela, que se mantinha de costas e alheia, com a cabeça baixa, e não parava de bater com as mãos, como se fosse um espantalho mecânico. Para adverti-la, raspou a goela duas vezes. Audível.

Ela continuou na mesma cadência inalterável. Não se dignou a conceder-lhe o menor sinal de que lhe pressentira a presença. Seria surda? Então, barulhando com os pés, ele postou-se frente a frente. Era um caco de gente, bem mais acabada do que imaginara.

— Boa tarde, minha senhora!

Ela foi erguendo a cabeça bem devagarinho, num aprumo de vista espichado, com aquele semblante negligente, o branco do olho navegando nas órbitas enormes, a carapinha oculta sob um rolo de pano. E, após uma pausa confiada, de quem não mais se abala nem se espanta com as novidades deste mundo:

— Não dou conhecimento a gente estranha.

As mãos retomaram a batida como se fossem acionadas por uma mola. E ele é quem ficou pasmo com o desplante da velha, que não se dignou a olhá-lo.

— Ô dona fulana, por que a senhora não responde?

— Ora essa! Careço de ter mão em mim mesma!

Acocorada e sozinha como um tronco de árvore apodrecendo no meio do tempo e da pastagem, parecia de mal com a própria vida.

Tratava-se de uma catadeira de bosta de boi seca. Esterco de primeira. Um nitrogênio natural que, se bem dosado, favorece as plantações. Mesmo em terra fraca, as sementes germinam, os legumes tornam-se produtivos, saudáveis e viçosos. Ainda não chegara entre nós a praga dos adubos químicos que, com o correr dos anos, faz a terra opulenta virar cinza. Nem os herbicidas pra pulverizar a lavoura miúda e graúda. Os resíduos gotejantes que se empoçam nas folhas vieram a servir de bebida a um lote de inocentes passarinhos. Foi uma dizimação total. Em certas paragens, a gente anda léguas e léguas e não se escuta mais um canto de corrida, ou um canto de estalo. Estica a vista para o olho dos paus, e não enxerga mais um galo-de-campina ou um curió!

Terminaria dizendo que se chamava Sacundina. Esfarelava as bostas secas, mais conhecidas por "cagalhão", em fragmentos miudinhos que, uma vez postos no cesto, ainda eram pilados com os pés, para que coubesse uma porção mais avantajada. Às vezes — dissera numa volta da conversa — o cesto fica tão pesado que, pra subir e arrear na rodilha da cabeça, é quase impossível me ajudar.

Dia de sábado, na feira de Citrina, mercadejava o esterco com donos de roças e malhadas. Os lavradores de fumo a todo ano lhe pediam a preferência. Formavam uma freguesia cativa.

— Sendo assim, a senhora tem aí seus tostõezinhos amealhados na cumbuca.

— Qual o quê, dotô.

Pela primeira vez se descontraiu. Já era outra.

— Não chega nem pra remir o sustento de uma penca de netinho.

— Imagino. A senhora lote-lhes a pança e eles pintam os canecos.

— Isso mesmo.

Olhou-o de banda.

— Se bem que minha mãe me ensinou a nunca dar trela a pessoa estranha. Mas é assim mesmo. Parece que o dotô tá enxergando. É um comboio de corninho endiabrado que só serve pra aumentar minha despesa.

— Olhe ali...

Desidério aponta Zé Guardino.

— Em nossa idade, é melhor trabalhar com um ajudante. Eu não ando sem o meu.

— Lá em casa, não vejo um só molequinho que preste pra nada. O dotô tá vendo. Não se salva um. É como cachorro vadio. Só abeira a gente na hora do pirão. É assim. Ninguém me acompanha. Racinha preguiçosa. Esses meninos de hoje só desarna pra mode montar nos véio.

Desidério, se bem que se precatasse, também cultivava uma pontinha de verve, gostava de brincar. Se versara nessa lenga-lenga de conversa mole que serve de divertimento aos descansados. Com pouco tempo, dona Sacundina desfranzia a natureza, a língua se desatava. A troca de humor não ia passar batida. De imediato, ele calcularia: esta dona Sacundina, com esta cara bexigosa e devastada, deve ser a ancestral da região. Se conduzida com certa diplomacia, vai ter muito o que contar.

— Tô vendo que o cagalhão aqui é muito falho.

Espichou o braço, apontando com os dedos:

— É um aqui... outro ali. Pra ajuntar uma ruma desta...

Esfarelou um pedaço encascorado entre as mãos:

— A senhora sozinha precisa andar muito. O rojão é duro. E o rendo é pouco. Não sei como a senhora aguenta circular tanto.

— É a precisão, dotô. A precisão! O que mais me destrói é o espinhaço. Dias que chega a estalar como pipoca. Mais. Já me levanto com uma banda troncha. Saio do catre me escorando nas paredes. Mas sei donde vem isso. É de tanto me curvar. Vasmicê veja, dotô.

Exibiu-lhe um cagalhão, que lhe tremia entre as mãos.

— Pra catar cada peça desta, eu tenho que vergar e erguer o espinhaço. Tem quem conte as vez? Nem se eu soubesse tabuada.

— Mas é como digo. Aqui, neste claro do terreno, quase não há mais o que catar.

— É mode que catei a semana inteira. Que posso fazer?

E riu, apontando o céu claro.

— Minha propriedade é nas nuve...

— Sim!

Ele acolheu a brincadeira.

— Mas essa fica bem longe. E a senhora não tem um cavalo de asas para chegar até lá. De qualquer forma, podemos dar um jeito pra suprir com mais facilidade este cesto. Venha comigo. Logo ali adiante, onde o gado costuma fazer malhador, se amontoar para o pernoite, a senhora está enxergando? O chão está enlastrado de cagalhão. A gente não anda sem pisar. O único custo é passar no arame para a banda de Duarte...

— Como é a conversa, dotô? Nem morta! Credo em cruz! E não me fale no nome desse traste.

De repente, como se caísse em si, fechou a cara.

— Pro má pergunte, o dotô tem sangue dele?

Nesse momento, ele ficou pasmo... e manjou logo o tamanho da ferida que motivara a indignação de Sacundina.

— Tem ou não tem?

Exigia uma resposta. Quase enfurecida.

— Não, não.

Abriu um ar de riso pra descontraí-la.

— Pode ficar sossegada. É somente um ex-colega.

— Colega! — Minha mãe do céu! Estrela da manhã!

A mão imunda estapeava os lábios.

— Bata nesta boca, Sacundina, bata! Bata nesta boca, Sacundina, bata... bata...

Desidério, que entendia até da mente dos animais, deu um tempo, aguardou que a aflição fosse se diluindo até que ela recuperasse a calma. Só aí então, com a cabeça de novo assentada, ela se prontificaria a ouvir direito o seu arrazoado. Palavras que não só conseguiriam apaziguá-la como também lhe restituíram a confiança de falar. Enfim, tornariam a ficar de boa.

Ele sondou-lhe as feições de pertinho, e ponderou para si mesmo: ela ainda parece abalada... Quem garante que não terá um treco? Preciso me inteirar das coisas, está certo, mas esta tarde já está prejudicada. O importante é que ela se mantenha firme na fiança.

Sempre convincente, proseando com a tal, soltou-lhe na mão um dinheirinho que lhe cobria todo o arrecadado da semana.

— É pra lotar o bucho dos netinhos — disse. E acertaram um reencontro para o sábado seguinte, no barraco de uma vendedora de fumo de rolo, de nome Soraia, que era sua irmã de criação.

— Não tem erro.

Ela foi indicando. Os tostões inesperados azeitaram-lhe a fala.

— O barraco fica frente a frente com Zefinha da cocada. O dotô nem precisa esmiuçar. Nem deve. E me chegue caladinho. Até de longe a gente avista. É quase uma bandeira. Num canto do barraco, dependurada de um varal, tem uma corda de henequém com fogo e fumaça na pontinha. Tal e qual um charuto mata-rato. Dia de feira não apaga nunca.

— Tá bem, dona Sacundina, tá acordado. Com tanto chove não me molha, como é que vou errar?

— Pois é. A corda é mode a freguesia comprar o fumo e acender o cigarro. Estruir logo do nosso fumo que é pra comprar mais outro pedaço. Nós precisa é de dinheiro. Quando a cinza encomprida, qualquer freguês dá um peteleco na corda — e o morrão desaparece. O vento assopra, e a pontinha da corda torna a virar brasa, como se fosse um tição. Não se gasta binga!

Segue contando nos dedos:

— Não se gasta isqueiro, não se gasta vela, não se gasta fosco. A freguesia não é tanta, mas, a cada sábado vencido, a corda vai encurtando. Aí vem nova despesa... Uma corda nova, com o imbé do henequém maduro, não é barata. Mas seu Joãozinho Lajeano conhece a gente. Despacha no fiado.

E arrematou:

— Sobre o nosso acerto, o dotô me apareça sozinho. Com fuxiqueiro por perto não tem trato. Nem aquele seu ajudante. Não gostei da cara lisinha. Não me afoito. Soraia também não aceita. Daquele outro fulano, ela se borra de medo. Noites que nem dorme direito, fala sozinha, acorda despedaçada. É muito arriscado.

14

Meu pai compareceria ao encontro combinado. Esperava que compensasse a viagem. Que dona Sacundina se apresentasse confiante e loquaz. Mas, muito pelo contrário, se deparou com uma velhota murcha, meio arredia, cheia de dedos. Fazia mistério de tudo, contrapunha dificuldades, apresentava objeções, engrandecia o que se comprometera a dizer.

A princípio, Desidério, arrastado até ali por uma curiosidade voraz, enxergaria nela somente segundas intenções: nos gestos esquivos, no olhar sem firmeza, nas reticências e titubeios da conversa. Indícios inequívocos, lamentava, de uma acolhida chochinha. Dos arrependidos que, tangidos pelo medo, pressionados por ameaças, resolvem pular de banda, tirar o corpo fora. Seria isso mesmo? Bem, pelo menos o medo era tão declarado que se manifestava nos tremores das mãos e da fala. Só faltava berrar. Um medo que, àquela altura, associado às circunstâncias e ao ambiente deplorável, era, de fato, um sentimento inconteste e apalpável. "Me meti num cambalacho, deve ser chantagem, só pode ser isso." Foi assuntando.

"A criatura mexe pra lá, mexe pra cá e, na ponta da unha, me chega com bobagem. Deve ser encenação. A desgraçada me logrou. Na melhor das hipóteses, não quer se comprometer. Acha que é arriscado, que corre perigo. Se não é isso, a coisa muda pra pior: a infeliz resolveu me extorquir. Toma lá, Desidério! Seu abestado. Facilitação com dinheiro vivo só acaba nisso. Agora, aguente o tranco."

A seguir, reaprumou-se e foi reparando na miséria manifesta do ambiente. Na indigência que lhe tomava o olhar, o tato, o olfato, todos os sentidos. Como se acordasse de um sonho, foi possuído por uma sensação de enjoo, de dilaceramento, de culpa, como se houvesse praticado uma violência desnecessária.

Que diabo fora fazer ali? Sentiu-se rebaixado.

A banqueta miserável era tão imunda, tão malcheirosa, que ele abaixou a cabeça cheio de vergonha, arrependido de expor ao perigo aqueles dois aventesmas inqualificáveis. Sobreviventes de algum cataclismo que os rejeitou. Sentiu-se desumano, de consciência pisada, cúmplice daquela miséria funda que se expandia em todos os quadrantes.

Direcionou o olhar para a netinha de Sacundina, esmolambada no canto da barraca, e foi sugado pelo canudo de um túnel gigantesco até uma tribo africana que, há poucos dias, assistira no cinema. Um chiqueiro povoado de crianças desnutridas, de costelas descobertas. Uma fantasmagoria tão desconcertante que lhe fomentara a piedade.

A banca ou barraca de Soraia, como se queira chamar, pois, a rigor, não chega a ser uma coisa nem outra, constava de quatro forquilhas tortas de jurema onde se apoiava o lastro de papelão. Já úmido, mofento, encurvado. Ainda não desabara porque alguém pusera uma escora por debaixo. Apesar de fraca, a barraca, como convinha ao bom costume, primava por sua cortesia: servir água de beber a todos os sedentos. A lata de flandre, comida de ferrugem, era o caneco empunhado, comunitariamente, pela freguesia inteira. Se revezava de mão a mão.

Cada um por sua vez, como se chegasse à ponta de uma fila, tomava o caneco entre os dedos fedendo a sarro de charuto mata-rato, de cachimbo, de cigarro de fumo de rolo.

E mergulhava-o — tibungo! — na boca do mesmo pote pra apanhar a água barrenta. Não se podia pousar a lata, nem pôr a tampa no pote. Não dava tempo. Mal um freguês se fartava, passava o caneco ao seguinte, que, de mão estendida, estava no aguardo. As bocas encardidas, habituadas a também mascar capa de fumo, iam ao caneco com tanta sofreguidão que era como se mamassem. Golpes de água em fio escorriam pela barba, pelos cabelos dos peitos ou, se a criatura era mulher, visto que havia delas pelo meio, entravam pelo cabeção. Era o efeito do sol.

Via-se que a própria Soraia, proprietária da banca, se mostrava desnutrida e esquelética, com o semblante destruído por alguma devastação, como se fosse um espantalho. A melhorzinha de aparência, mesmo com o peso da idade, a cara sulcada com marcas inconfundíveis de bexigas, era a própria dona Sacundina. Mormente todas as desgraças, se mostrava menos ofendida com a sorte. Menos desfigurada.

Só depois de calcular o que havia por detrás desse quadro dantesco, com o estômago repugnado pelo fartum do mel de fumo; o mel azedo que pinga do sari e empapa o chão da banca onde se misturava a um rego de água podre — meu pai vai revertendo o mau juízo que fizera comprometendo dona Sacundina. Admite que a compra de uma simples caixa de fósforos a mais pode realmente abalar, em famílias como a dela, o orçamento da comida. É inacreditável. Mas é.

Munido dessa convicção, estudaria dona Sacundina mais detidamente. E, conversa vai, conversa vem, teve acesso a muita coisa.

Corrija-se, logo de primeira, que a sua esquivança, as suas atitudes reticentes não provinham de chantagem, nem de segundas intenções. Ela negaceara acicatada, de fato, pelo medo. Não tanto dos arrancos de Duarte como da amargura de Soraia, que se mostrava atacada, naquela atitude agressiva de fera escarmentada.

Havia servido a Duarte na casa da Indaraíba, onde fora estuprada. Desde então, ficara com os nervos fracos. Caladona, não abriu a boca pra soltar uma única palavra. O olhar varria o chão, meio estupidificado. Devia estar bem traumatizada. A Joana, atual arrumadeira na Indaraíba, era agora a titular. Ninguém sabe até quando. Desidério me disse que terminara sua avaliação corado de vergonha.

A própria Soraia, abusada por Duarte, não conseguira aturar o regime da Indaraíba que, afinal, na sequência das desgraças, a deixaria com esse pesadelo. Perdera as forças. E então, na madrugada de um certo domingo, fugara no mundo quase nua, renteando os matos. Entrara numa vereda e, ao espreitar qualquer ruído, tornara a cair no mato. Aterrorizada. E só esbarrara no casebre de Sacundina com a manhã ainda turva. No momento, a velha acendia o fogo pra aprontar uma beberagem qualquer para quebrar o jejum dos netos. Escutara a batida na porta, que não passava de duas latas de querosene abertas e emendadas.

Ao abri-la, Soraia jogou-se nos braços da irmã com aquela entrega desbragada, como se, depois de escapar do inferno, houvesse encontrado a salvação.

Não foi menor o susto da velha, que pousou a mão nas cadeiras e a encarou bastante irada. Via-se que ficara fora de si, sacudida pelo golpe. Sacundina espiritou-se!

Chamou-a de doidela, que deixara o certo pelo duvidoso. E protestou repetidamente, chegou a bater os pés: ia jogá-la na rua, ia entregá-la ao mundo pra ser pasto dos moleques. Aliás, atirava-lhe essas pragas somente pra castigá-la. Pois a decência não vinha ao caso. O pivô de toda a sua revolta era ter mais uma boca pra prover. Era a escassez, a falta de comida.

Na qualidade de dona da casa e de irmã mais velha, Sacundina mantinha, de fato, ascendência sobre ela. Era um preceito que todos apoiavam. Mas talvez não precisasse ter sido tão estúpida e cruel. Seria mais humano encher-se de paciência, entregar a questão ao tempo, aguardar que a coisa se esfriasse. Nesse ponto, a própria Soraia não ignorava que lhe devia obediência. Por isso mesmo, pra ver se amolecia o coração da irmã exasperada, e somente por isso, resolvera abrir o bico e confessar-lhe todo o sufoco por que passara.

Soltaria, logo de entrada, aqueles maus-tratos que Duarte infligia aos passarinhos.

— Contara quase chorando! — assegurou a Desidério dona Sacundina.

Entre um soluço e outro, Soraia prosseguira o relato aos pedaços. O malvado do Duarte costumava iludir os cachorros com falsa delicadeza. Enquanto cochichava-lhes com a língua na orelha, socava-lhes um ovo fervente na boca e apertava as queixadas com um laço na correia. Os bichinhos rolavam sobre os tijolos, ganiam abafado. As vacas paridas, mesmo as mais domesticadas, convertiam a mansidão em valentia. Se interpunham entre ele e as crias. Enfrentavam-no a coices e marradas, escondiam o leite e pegavam a se mijar. Chegavam a pinotar com as pernas juntas, se estivessem arreadas. Ao senti-lo por perto, as éguas e os cavalos levantavam o focinho, escancaravam as ventas, arqueavam os pescoços e assopravam batendo os cascos em disparada. Faziam mil artimanhas e presepadas pra não entrar no curral.

Não que ele fosse brutal e estabanado. Muito ao contrário! Agia dissimulando, mais das vezes até pondo exagero nos gestos delicados. Deixava permear-se por uma perversão que guarda alguma coisa de sutil. Necessidade de contemplar o sofrimento em doses homeopáticas. Um convite corrosivo para que a vítima participasse da própria tortura. Mas a sensibilidade animal fareja além da aparência, percebe o perigo que para os humanos é vedado.

Os gestos eram preguiçosos e macios, a voz até meio afunilada. Apesar de corpulento, arredondado, aprendera a abafar as passadas. Mas era inútil tentar enganá-los. Os cavalos o pressentiam de longe. Levantavam as ventas e a cauda. Saíam em disparada. É como se perscrutassem o bafo do diabo.

A esta altura, tocado pelo relato da velha, Desidério voltara a ver, desempanadas pela lucidez, as lagartas-de-fogo metidas nas carteiras, as lagartixas partidas se remexendo: rabos pra lá, cabeças pra cá. Perante ele, recompusera-se, ao vivo, o menino cujas feições se alteravam, tinguijadas de prazer, quando os colegas não decoravam as lições de tabuada.

De repente, mal a mente fundira as primeiras presepadas de Duarte às maldades que acabara de ouvir, suas feições se alteraram. Perdera a motivação inicial. Deixava-se arrebatar por uma sensação desagradável.

Enfim constatara o quanto Duarte mantinha a própria tara a sete chaves. Abordar o assunto em sua frente? Nem por brincadeira. Falar disso era tabu. Daí o cinturão de silêncio que implantara em Indaraíba. Se um empregado trastejasse, o porrete comia. Evidente que sempre estivera inteirado dessa e de outras barbaridades. Mas, agora, que tomara pé na humanidade dessas duas mulheres, que as expusera ao perigo, a coisa mudava de figura. Uma verdade maior se sobrepunha.

De fato. Uma semana depois, lhe chegaria às mãos este bilhete: "O tabelião aprovou o seu trabalho de primeira. Disse que o terreno foi medido direitinho. Você é curioso. Mas a conversinha daquela velha nojenta não merece fé. Aconselho que não aprove de primeira".

O bilhete não fora assinado. Nem precisava. Fora remetido numa caixinha junto a meia dúzia de lagartas envelopadas. Era, de fato, um atrevimento. Recado de uma pessoa doente — ia pensando Desidério. Enquanto lhe restara algum respeito humano, ocultara a malvadeza, agira nos bastidores, sem haver gente por perto, vá que ainda tivéssemos alguma esperança de que melhorasse. Pelo menos, pelo que se sabe — e nesse assunto nunca se sabe tudo! —, evitara por uns bons anos a censura pública e declarada que o obrigara a se recolher, a disfarçar a mania. Pelo menos se sentia molestado. Agora, porém, recorrendo à memória, reatualiza e propaga o antigo ritual. Divulgá-lo deve ser a instância que lhe completa o prazer.

Está perdido. Desceu o último degrau.

O SÍTIO ARQUEOLÓGICO

15

Aqui na região, as nossas cidadezinhas mais modestas, cobertas de poeira, são quase emendadas uma na outra. Estado pequeno, situado nas calendas de um país titânico, desirmanado, sabe-se como é: o adiantamento material, de par com a cidadania, repercute bastante atrasado. São construções contíguas, com algum exagero, pode-se dizer. Vezes em que o marco oficial entre dois municípios, lançado na carta geográfica, também serve de baliza entre a cadeia da cidade A e a prefeitura da cidade B. É uma complicação. Mesmo assim, jamais faltam vindicadores para a soberania dos povoados. Formam um bando. Virou uma mania. Espalham-se pelo estado, entendem-se e agrupam-se entre si, como pares fortalecidos por um mesmo sindicato.

Seguindo essa batida, Caçulinho das Quebradas, primo longe de nosso Duarte Pirão, na qualidade de seu advogado, e também testa de ferro, fora incumbido de encabeçar o movimento de emancipação do povoado Cambuí, quase cercado pela fazenda Indaraíba. Além de forasteiro, o postulante ainda furara a fila dos colegiados, onde já enxameavam petições de muitos abusados que, há anos, lutavam pela autonomia de outros povoados.

Não preciso conferir que o fato geraria constrangimento no meio da rapaziada. Melhor dizendo, uma certa revolta, difundida em nível estadual pelos demais pretendentes que, por se sentirem desrespeitados, carregavam nas tintas, inventavam o diabo. Caçulinho, que já não era flor que se cheirasse, virou um homem carimbado.

Mas vamos deixá-lo à parte. Vamos, porque a conexão dos fatos logo confirmaria a suspeita geral. O verdadeiro responsável por tal iniciativa, aliás, mal amoitado nas sombras, era, de fato, o nosso velho conhecido Duarte Pirão, que continuava assim a perpetrar suas bramuras. O pleito envolveria gente às pampas. Causou muito barulho, protestos e mais protestos, repercutiu até fora do Nordeste devido ao atrevimento da postulação.

Apesar de marcado com aquelas bochechas moles que assentam melhor nos cochiladores encostados, ele sabia ser esperto e diligente. Era daquela marca de homem que engana: parece dormir no ponto enquanto a cabeça astucia. Os tombos que levara em menino, os percalços e a má fama contra os quais se bateria pra adequar a própria natureza a entrar nos eixos, a um sistema pessoal e vivedor, ensinaram-no a camuflar os sentimentos, a agir com prudência, a prazo, com o coração frio. Só depois de calcular o pulo direitinho, de sopesar as consequências, de reconhecer que o terreno à sua frente estava firme e limpo — bem prontinho — é que entrava com a semeadura.

Tudo leva a crer que, naquela ocasião em que se sentira escorraçado, quase banido do convívio urbano de Citrina para a fazenda Indaraíba, começaria, ainda acabrunhado, ainda ofendido, a urdidura de toda sorte de arte, as laçadas engenhosas para se reabilitar e merecer um lugar de grandeza e de respeito no mundo social. Nem que fosse por capricho e por desforço. Aliás, gabarito pra tanto lhe sobrava. O primeiro ano daquele recesso fora reservado à aprendizagem que, como se sabe, se aleitada por exigências da própria vocação, o percurso se eterniza e se prolonga numa estrada inacabável, aberta sobre pedras que o tempo se encarrega de polir.

Estudava alternativas de disfarces, táticas de fingimento, como um fariseu condenado que se prepara e arquiteta a futura reinserção no convívio social. Nutria um propósito fixo, impulsionado pelo prazer. E esses dois atributos quando se juntam, alavancados pela concentração da mesma força, podem redundar num bem enorme, ou num estrago de idênticas proporções, a depender do rumo palmilhado.

Durante o tentame dessa adequação, como é natural, a cabeça ia lá e vinha cá. Entre vacilos e empolgamentos, prosseguiu se autoajustando. Amoldava-se às circunstâncias com certa facilidade. Mesmo porque o tal dinheiro abre portas trancadas, ajuda muito. Ante as mudanças propiciadas pelos anos e pelas condições gerais, porém, uma pancada do próprio sangue resistia, borbulhava e vinha à tona: a pressão, o constrangimento, as cicatrizes que você sofreu quando menino não podem ficar pelo barato.

Sendo filho único, herdara, de porteira fechada, o patrimônio inteiro da Indaraíba. Não era pouco. Passaria a ser servido pelos agregados remanescentes do pai, com quem, diga-se de passagem, jamais se entendera. Manteria também os lavradores meeiros que abriam roçados rendosos. Semeavam milho, feijão, fava-égua. Chegavam-lhes terra com a enxada no momento adequado, as vezes que se fizessem necessárias.

Mais tarde, quando cabia a ocasião de disporem a colheita, de negociá-la com os atravessadores, então era a hora de a onça beber água. Pagavam-lhe o foro meio a meio, a metade do total que haviam produzido. Pagavam-lhe sem pestanejar. O ganho apurado dava bem pra se viver.

Graças a tal legado, incluindo, por outra parte, os bovinos, equinos e muares que recebera de acrescentar, assim de mão beijada, a vida lhe correria folgada. Concedia-lhe livre-arbítrio pra que pintasse e bordasse, importunando umas coitadas, fazendo o que não devia, batendo a cabeça pelos paus. Aquilo que mais lhe sobrava era tempo para engendrar e reengendrar a trama de seu destino.

A história da emancipação de Citrina se confundia com a de sua própria família. Sendo assim, a conhecia de cabo a rabo. Como a palma da própria mão. Tanto o ambiente rural quanto o urbano e suas adjacências. Inclusive os lances que a elevariam a cidade, a foros de município, depois de haver sido denominada, por uma carrada de anos, desde a lenta fundação de arraial — de Barriga-de-Tatu.

Pelos anos afora, promovido a povoado, o mesmo nome — já contestado por uma minoria metida a decente — continuava a prevalecer. Fora calcado por analogia com um pó furrabaiento que, erguido do chão pelas camadas de vento, infestava as ruas e se imiscuía pelas frinchas das casas que, de portas abertas ou fechadas, se tornavam irrespiráveis. O pó não se coadunava com as nossas cores primárias. Nem sequer conhecíamos como estas se combinavam. Não batia com nada. De tonalidade indefinida, inqualificável pela ignorância e rudeza da população, o assemelhamento que melhor lhe acudiu, caldeado na própria experiência, foi a cor furrabaienta da barriga de tatu.

Com a modernização da sociedade, a nova geração, já escolada, passaria a ter vergonha de lhe pronunciar o nome, que, a esta altura, já servia de mangação. Houve mais de uma tentativa para maquiá-lo. Pespegaram-lhe um aposto, mas foi pior: o nome, que já era grande, agigantou-se. Então permutaram "barriga" por "pança". Não. *Pança-de-Tatu* era um horror! Nem por brincadeira. Bem, então, não encontrando um nome apropriado, passaram a aguardar um substitutivo à altura de um povo tão honrado. Mas, provisoriamente, a coisa empacara. Enquanto isso, o nome, quase imoral, continuou intrigando alguns, e sendo rejeitado por outros.

Nesse meio-tempo, o povoado receberia o Ginásio Forja do Saber. Já não era sem tempo. A mocidade precisava e agradecia muito. Ainda irresolvida, a todo ano repontava a questão do novo nome. Mas somente no final do primeiro quadriênio do ginásio, justo na solenidade da primeira formatura, os alunos se rebelaram em peso, liderados pelas mocinhas mais sabidas. Foi uma verdadeira insurreição. Era como se lutassem contra uma indecência. Exibiam cartazes chamativos, faziam passeatas e mais o diabo a quatro. Mas a coisa não rendia. Era um entrave para a própria emancipação do povoado. Veio daí que alguém perguntou: "Qual é o mapa que vai acolher uma cidade com o nome de Barriga-de-Tatu?!".

Os políticos mais interesseiros, sondando a propensão dos eleitores, também já vinham cogitando em outros nomes. Mas, talvez por falta de sensibilidade, as alternativas propostas sempre esbarravam num beco sem saída. Nunca levavam a um consenso. Ou melhor, nenhuma delas agradava, não continham nenhum traço que lembrasse a cidade. Foi então que, na supradita solenidade, Rabeca, a oradora oficial, sugeriu o belo nome CITRINA.

A princípio, o auditório pasmou, boquiaberto. As pessoas se entreolhavam e, para não denunciar a ignorância, abaixavam as cabeças. Seria um nome estrangeiro? Mas assim que Rabeca explicou tudo direitinho, caiu uma chuva de aplausos.

A particularidade que, para além da cor da poeira, se salientava na nova cidade era justo o apego à *Cultura*. Aliás, digo eu, não era bem uma particularidade que a distinguia das outras. Todo o circuito da região, um conglomerado de pequenas cidades, abraçava fervorosamente, cada uma por si mesma, a própria tradição, como entidade agregadora e transcendente. É uma abstração inexplicável. Empolgava miúdos e graúdos.

Mas vamos lá. A esta altura dos anos, a Indaraíba já não produzia a mancheias. Não apresentava aquele mesmo patamar robustecido, fruto da gestão ajuizada do velho Honorato, pai de Duarte. A cultura do milho, da fava, do feijão ajudava muito. Sem esquecer que também se plantavam manibas de mandioca, de aipim manteiga e ramas de batata-doce. Colhida, toda essa lavoura chegava ao povoado Cambuí, a Citrina e a regiões circunvizinhas, ainda a preço módico. Acrescente-se que a mandioca, beneficiada, chegava convertida em farinha.

Não havia mesa posta, de pobre nem de rico, que não acolhesse tal comestível. Produzido ali pertinho, o de comer era barato. Como a mercadoria circulava no mesmo termo, não estava sujeita a impostos. E o carreto era inexpressivo, uma verdadeira ninharia. De forma que a Indaraíba, em época de chuvas abundantes, e enquanto regida por mão experiente e firme, fora um celeiro que abastecia toda a nossa redondeza.

Agora, porém, a situação não é a mesma. Sob o pulso de Duarte, e travada, ao mesmo tempo, por verões puxados, um topando com o outro, a nova condição ficou tão insustentável que aqueles mesmos meeiros, já então desenganados, divulgaram: *A Indaraíba tem desandado muito. Do jeito que a coisa vai, a gente morre de fome.*

E partiram pra cavar a vida em outra frente. Duarte, está claro, deixou de encher o bolso com o apurado proveniente daquelas culturas que fizeram tanto sucesso na gestão do pai. Apesar de seguir as linhas gerais do finado Honorato, convém atentar que, com o tempo, as condições se alteram. Torna-se imperativo se adequar.

Foi aqui que ele fez um paradeiro. E começariam dias de intensa cogitação. Os próprios agregados, vendo-o tão silencioso, perambulando pelos cantos, sem promover nenhuma truculência, chegaram mesmo a comentar: aí tem coisa. O homem tá modificado. Será que criou juízo?

Antes fosse isso. Mas a preocupação era bem outra. Afinal, precisava reaver os prejuízos, tinha de dar uma nova direção a seus negócios. Convinha calcular tudo com paciência, para não cometer uma burrada. Hora de dar uma virada na sua própria vida, de perseguir algum objetivo a que se doar. Qualquer alternativa lhe servia, desde que pudesse juntar o útil ao agradável.

Andava nesse pé, farejava alguma alternativa que se alinhasse com a sua disposição, que lhe pavimentasse o futuro — quando então... vupo! Um estalo o brecou. Um facho de lucidez lhe reconstituiu o passado: seu Ventura, zabumbeiro ali no Cambuí, só sabe bater no couro. Beberrão. Uma lástima. Nunca prestou um favor a seu ninguém. Comanda um pisoteio a noite inteira. Do tanto que, do sábado pra domingo, ninguém pode dormir. O povo não aguenta mais o baticum. Há quem fale em expulsão. No entanto — e é aqui que o bicho pega —, foi laureado pelo setor cultural de Citrina. Ganhou medalha e tudo. Um imprestável!

Mal comparando, a Indaraíba, por anos e anos, forneceu sua lavoura pra encher a barriga de todo mundo. Houve fartura. E Honorato jamais fora homenageado por coisíssima nenhuma. Idem para os que insistiram na mesma labuta. Busquem os meeiros. Perguntem se o município os ajudou a cultivar aquelas culturas indispensáveis, que hoje custam os olhos da cara. Perguntem por que eles partiram com as mãos abanando.

Perseverando nessa linha de raciocínio, Duarte ponderou um dia... ponderou outro dia. Quanto mais ponderava, mais se sentia revoltado com o descaso, a falta de incentivo, de apoio, de reconhecimento a que estavam relegadas as verdadeiras culturas do município. Aquelas que, três vezes por dia, lotavam a barriga de todos.

Como não era um cidadão tapado, no auge desse transe escolheu, dizem que criteriosamente, a nova causa a que se doar. Urgia reparar a injustiça imposta a Honorato. Mas sob o seu crivo particular.

Foi assim que se bandeou para o segmento da Cultura, que, na ocasião, ainda era superestimado em Citrina. Fora a bandeira de sua própria emancipação. E prosseguia sendo, por anos a fio, a coqueluche do momento. E isso não é pouco. Agora... o negócio era seguir a pisada sem sair da linha, tomando como parâmetro os grandolas, os felizardos que jamais haviam conjugado o verbo *perder*, que nunca puseram os pés numa roça. Que desdenham as verdadeiras culturas.

Era inferir como poderia, em suas próprias condições, tirar também uma casquinha, ou até mesmo passar-lhes a perna. Se a *Cultura* tocava a todos os cidadãos, se era nivelada para a sociedade em geral, se confortava até os famintos, conforme ideia corrente e jamais contestada, então a hora é esta, debochava.

— Tô nessa! Não vou abdicar de minha parte! Se esta é mesmo a melhor cultura, a mais valorizada no mercado, o combustível de que precisamos para suprir as energias, para nos movimentar, então vamos deixar as terras descansar. Mais tarde, quando a fome bater, não se façam de desentendidos, não botem a boca no trombone. Não mordam.

É impressionante! Foi preciso a interferência de um sujeito desajustado, com um raciocínio tão simplório e fajuto, para afinal nos convencer de uma verdade tão antiga e tão chã!

O nosso Duarte Pirão, palmilhando ínvios caminhos, seria o pioneiro. Viria a desfazer equívocos seculares, confortavelmente enraizados na seiva que alimenta os nossos impulsos, sentimentos, ideias, fantasias; a explicitar a aura, o condão, o peso acachapante que a *Cultura* exerce sobre todos os cidadãos, mormente sobre os *artistas* que se curvam e dizem amém. É, como lá diz o outro, o doidelo atirou num passarinho e derrubou um lobisomem.

Pouco a pouco, mais hoje, mais amanhã, sempre focando as sombras, rastreando os calcanhares das verbas, com uma obstinação admirável, chegaria à fonte do famoso bairrismo que, segundo seu diagnóstico, parece um sentimento voluntário, mas não é. Quem banca o negócio são os cidadãos de alma *limpa*, intermediados por um bando de fantoches que exibe crachá de artistas. Quebrados, de saco cheio por tanto zanzar na pasmaceira, sem ocupação definida, eles mordem a isca convertida em reais, caçados e atraídos para massa de manobra. Trata-se, em palavras mais frontais, de uma dor de peito tremendamente tocante...

Os idealizadores que promovem e chefiam o negócio, que encaminham e distribuem a marmelada, incluindo a parte que se extravia no meio do caminho, vivem socados numa gema do ministério condizente, bebem no beiço da fonte. Levam uma vida de cavalheiros, propensa a susceptibilidades que nem ele, Duarte, sabia aquilatar. São perigosos e intocáveis. Convinha, pois, excluí-los.

O bom senso, o critério pessoal e o seu estoque de manobras, aliás, muito chinfrim, aconselhavam que os deixasse onde estão. Que ele, Duarte Pirão, não tinha poder de fogo para ombrear com essa tribo, para competir em tais alturas. Era mais prudente e rendoso assestar as suas baterias no setor local, nos letrados de Citrina que compartiam a bolada.

E nem sequer apareciam, eram quase encantados. Como ele mesmo, embora por outros motivos, também levavam uma vida de bastidores.

Nas ruas, nas repartições, e em qualquer parte, faziam se representar por uma brigada que, a gosto ou contragosto, passava a vida divulgando e enaltecendo a *Cultura*. E que, antes desse mister, sempre bocejara com a cabeça ociosa, vazia, disponível, se preparando para receber, por artes do destino, a semeadura do patriotismo municipal. Um sentimento que transcende a lógica, acolhido e multiplicado por essa constelação de visionários enigmáticos que vivem atrepados nas nuvens, ou debaixo da cegueira, ou reféns da esperteza.

Na boca do sertão, a se crer nessa legião de fanáticos, havia cidades com acervos imensuráveis que, conforme divulgam, remontam a eras extintas, inclusive à tal *pedra lascada*. O que faltava era simplesmente consciência pública — gritavam —, pressão da sociedade, vontade do governo.

Nesse compasso, qualquer caverna de morcegos se convertia em sítio arqueológico, isolada com o nome pomposo de "gruta inexplorada"...

Apesar de ser um entendimento bastante remoto, coube a nosso Duarte Pirão dilucidar que essa bandeira cultural sempre se reatualiza, historicamente, da mesmíssima maneira. Principia, ganha fôlego e se condensa numa nuvem de opiniões que, entre as classes sociais, se conjuga e circula de cima para baixo, imitando uma chuva dadivosa que se gera com as nuvens. Nuvens imperceptíveis, que o vulgo não alcança.

Assim que a coisa pega, que a turba assimila e toma para si mesma a enorme dor de peito, assumindo-lhe inclusive a autoria, como se fosse fruto de suas próprias entranhas — os verdadeiros fabulistas deixam o palco. Passam a viver na sombra onde, conchavados entre si, manuseiam os cordões das marionetes enquanto aguardam o momento de dividir o butim.

Embora essa efusão bairrista jamais se concretize numa prática rentável, democrática e efetiva, alimenta muita conversa mole, e admite uma escala de direitos bastante abrangente e que se diz igualitária. Há leis e mais leis que contemplam do ricaço ao pobretão! Ninguém fica de fora. Isso é bonito.

A par disso, Duarte viria a checar que esse pessoal empolgado exclui até mesmo o termo "hierarquia": não soa bem numa povoação sertaneja que se queira arejada. É mais diplomático se falar em "igualdade", em "fraternidade". Palavras carimbadas com o aval insuspeitável do mundo civilizado. É mais decente. Mesmo que apenas para preservar o bom-tom, a polidez tutelada pelos cidadãos honoráveis e beneméritos.

Com essa jogada mestra que tem cara de sofisma, todos somos bem contemplados, repita-se. Aliás, nesta e em outras coordenadas os nossos municípios não desmerecem a nossa pátria amada, cuja Carta Magna costuma ser interpretada pra facilitar e abrir todas as porteiras aos mandatários dos quatro pontos cardeais, atolados no rio de lama que, de barranco a barranco, de janeiro a dezembro, jorra por debaixo do pano.

16

Nosso Duarte não era nenhum tolo. Conhecia o melhor destino para multiplicar o seu dinheiro, de forma que lhe abrisse uma brechinha onde também pudesse se enfiar. Escolheu o caminho que melhor lhe calharia, no contorno das circunstâncias pessoais.

Com dois a três anos que se doara à nova atividade, tornou-se um dos empreendedores e beneméritos mais arrojados. Ia reabrindo a própria escalada. Passou a ter trânsito livre nos corredores de nosso setor cultural. Esteve sempre na linha de frente, passando a ser mesmo um dos pilares da pequena sociedade. Jamais negara contribuição à irmandade dos Congregados Marianos. Não atrasara a anuidade ao Asilo São Francisco. Doou uma faixa de terra pra ampliação do cemitério; mandou abrir, em nome do povo, inscrições pungentes nas sepulturas dos venerandos mandachuvas do passado, pais e avós dos atuais. Quem passava pela estrada de rodagem entrevia, através das grades, os ostentosos painéis graníticos.

Sendo um cidadão que apanhara calado, sabia o quanto o bom convívio social é uma questão de tato. Não há bons nem ruins. Melhor dizer: há uma regra que costuma penalizar os que ficam fora do rebanho. Convinha traquejar jeitosamente os avoengos da rapaziada que andava embrulhada na política, mesmo que estivesse comprometida com interesses contrários até a altura do gogó. Afinal, sem aquele ranço da velha política, todos os membros agora são *zen, liberados, prafrentex*. Quem é o besta que vai contrariar essa maré?

Volta e meia, nas ocasiões solenes, passaria a ser lembrado como o salvador da cidade contra os cachorros azedos. De sua vida pregressa, é somente o que vinha à baila. O restante ficara calcado pelo peso do dinheiro.

No momento atual, talvez já estivesse na casa dos cinquenta. Não sei. E seu nome chegaria mesmo a ser cotado para secretário da Cultura. À revelia da expectativa geral, ele permaneceria impassível. Os olhos redondos não se mexeram. Preferiu ser nomeado inspetor do ensino do primeiro grau. Entre a gurizada, era bastante aplaudido e estimado. Tinha um certo carisma. Andava com presentinhos, o bolso cheio de balas. Somente as pessoas mais idosas é que abanavam a cabeça e comentavam:

— Verdade se diga: bem calçado desse jeito, quem é o doido capaz de peitar este tarado? É! Mas... como se diz, ninguém é dono do mundo. Ou melhor, todos têm a sua hora.

Foi justo a partir dessa desnaturada expansão de autossuficiência que os porcos caíram n'água. Que ele começaria a perder a mão.

Convencera-se de que tinha prestígio e cacife suficiente para arcar com a empreitada de levar adiante a fundação de seu próprio município, onde já se antecipara a implantar escolas, e teimava por um sítio propício às "pesquisas pré-históricas".

Convenhamos, isso é muito. A exibição de tanta grandeza ainda fresca sempre comporta uma pontinha de insolência e antipatia que costuma atrapalhar. Os parceiros da *Cultura*, os que vinham de anos mais fartos, desaprovaram-lhe a projeção e o prestígio que subiam com aquele arrojo e rapidez dos fogos de artifício. Já não tinham recursos para atalhá-lo numa boa.

Acusaram-no, então, de que tudo não passava de fachada. Que era um farofeiro cheio de armadilhas. Tornara-se imperativo que lhe barrassem a pretensão.

Sabe-se que, numa sociedade qualquer, as causas, os fatos e as consequências agem sempre congeminadas. Uma trama complexa, difícil de deslindar. Aí, nada se cria nem se modifica ao deus-dará. Foi pra se tornar um expoente na dimensão cultural que ele mandaria, de fato, fazer uma espécie de prospecção em suas terras, com a intenção de descobrir o tal sítio arqueológico e, por extensão, reforçar o fundamento para criar o novo município.

É justo a esta altura que entra em cena aquele Caçulinho das Quebradas, propondo elevar o povoado Cruzeiro do Cambuí à condição de cidade. O projeto era audacioso, e talvez trouxesse embutido um desforço contra o município que, de um modo ou de outro, correra com o primo Duarte, que, acostumado a ver longe, vinha preparando o terreno com bastante antecedência.

Consta que soltara dinheiro a rodo. Seu pessoal propagaria, pela região inteira, e por todos os meios imagináveis, que o Cambuí tinha cultura própria, autóctone, muito diferente de Citrina. Que a sua música tinha uma batida mais enérgica; os cantores eram mais vibráteis; o artesanato, mais chamativo; e que, por fim, o argumento principal: até possuía um sítio arqueológico em plena expansão!

Para dar peso e concretude ao projeto, mandara que os fanáticos escavassem o chão. Parece uma piada, mas não é. Mas não antes de recomendar:

— Não sejam bestas. Não vão me cavar nas pedras. Escolham somente os aluviões de areia, as ribanceiras do rio Piauí. Não me mexam nos clarões encascalhados, nem nos pendentes argilosos, de resistência quase impenetrável. Não sejam burros! — De forma que a turma dava de lá, dava de cá, e só atacava a terra fofa e porosa.

Então, mais hoje, mais amanhã, depois de uma labuta meio "poética", fizeram de conta que haviam encontrado um tesouro. Deram pra fabricar bagulhos, falavam de costumes que jamais existiram; fraudavam imagens de terracota, lajes vetustas com copiosas inscrições em caracteres intraduzíveis.

De modo que Cambuí, impulsionado pela sanha de Duarte — cujo propósito, diziam, era açambarcar o espaço no tocante à cultura e ao ensino infantil —, lutaria com unhas e dentes pra obter o distintivo, o sainete inconfundível dos próprios costumes, da própria produção, emechados com a profusa tradição, com o estatuto de fantasma.

A disputa chegara ao auge. E agora era interna. Entre os grandes.

Ao saberem do empreendimento tão ambicioso que passaria a ser referido como a façanha do ano, os comparsas vitalícios ficaram para não viver. Não dormiam de noite. A safadeza de Duarte ia atrair a Federal pra cima de todos eles. Ia ser uma acabação. Já se viam acusados de sanguessugas, de mamadores de verbas. Era Duarte de um lado e, do outro, aqueles que sempre haviam se entendido entre si. Agora o pau ia comer. Primeira cisão entre os grã-finos! Já não era sem tempo. O povo ia gostar.

E, então, comungando dos mesmos sentimentos, os chupadores vitalícios se mancomunaram a fim de derrubá-lo. Mas, alto lá! A coisa era melindrosa. Precisavam meter-lhe um processo em cima, está certo. Ninguém diz o contrário. Mas a acusação não poderia ser generalizada, se reportar aos desmandos na área cultural... Pois isso implicaria a autoacusação de todo o grupo ligado à mesma secretaria, gestores e cupinchas. Aí, então, o mundo viria abaixo. Ele cai e arrasta a todos. Ia ser um negócio escandaloso. Uma desmoralização.

Pior! As consequências sociais são terríveis. O que seria, então, da própria cultura? É isso que está em jogo. Ia deseducar o povo, já trastejadinho mediante tanta despesa pública. Já no ponto de não contestar. Sem uma referência tão forte, um sentimento patriótico tão bem enraizado e pujante, a nossa hierarquia está sujeita a se desmantelar. E aí, então, o que será de nossa sociedade?

Por sorte, enquanto quebravam a cabeça com esse dilema, encomendaram uma missa cantada, e compareceram em peso, compungidos, na expectativa de receberem uma graça da estrela guia. Não eram propriamente católicos. Mas, na sinuca em que se encontravam, quase encantoados, qualquer ajuda seria bem-vinda. Por inacreditável que pareça, seriam ali mesmo iluminados.

O novo pároco, substituto de frei Camilo, inconformado, com justiça, porque Duarte Pirão havia abocanhado a comissão destinada à Igreja, ao catecismo dos meninos, deixando-a fora do esquema tradicional, subiria ao púlpito arregaçando a batina, a sobrepeliz e botando fogo pelas ventas.

— Este tal sítio arqueológico não passa de armação! Não interage com o presente! Não ajuda a pobreza, não é uma espórtula para a Igreja. É uma equipagem do demônio! Manifestação do oportunismo, da arrogância, da falta de virtude. Recalcada pela fantasia de um pretensioso que não honra a Igreja neste momento convulsionado. É o vale-tudo inconsequente. Um narcótico paralisante. O sentimento besta de se perpetuar.

E concluiu:

— Em vez de esquartejar o povoado com essa esburacação sem pé nem cabeça, devia era estar pagando pela mortandade dos bichos!

Pronto! É o combustível que faltava aos rebelados!

Essa sentença comprometedora, com o gravame de ter sido proferida do púlpito por nossa autoridade eclesiástica, ecoou como verdadeiro libelo acusatório contra Duarte Pirão. Avivou uma ferida não tão recente, mas aberta, e cujo sangue ainda pingava.

Pela assistência correra mesmo um burburinho que, logo mais, já no pátio da igreja, animaria os comentários numa exaltação de contentamento.

Na verdade, ao reverberar contra a mortandade dos bichos, a palavra de Deus ia mais longe. Rogava por justiça. Conclamava os paroquianos a deixarem de ser frouxos. A que pusessem as conveniências de banda e punissem a favor de Capitão.

Os ouvintes vibraram! Houve mesmo uma ala que começou a aplaudir fora de hora. Enfim, todos estavam a par da situação do jerico. Do crime, cuja suspeição caía sobre Duarte Pirão, ainda impune sob a complacência do nosso delegado.

Entre as autoridades, o segmento da Cultura e a brigada que se bateu contra o esquartejamento de Citrina, destacados perto do altar-mor, correu mesmo um zum-zum de contentamento nas mãos que eram apertadas. Percebia-se, ainda que meio represado, um delírio de vitória antecipada. E não era para menos.

Agora a questão passava a ser outra. Enfim, tinham um prato cheio, um argumento de peso para afastar do páreo o inimigo que pretendia bagunçar o município. Para fazê-lo engavetar as suas reivindicações e, se possível, até mesmo arrastá-lo à cadeia.

Não sendo sede de comarca, Citrina não é habitada pelo corpo jurídico, a começar pelo próprio meritíssimo. Até mesmo os cartórios, em geral, funcionam sem os seus titulares. De forma que qualquer demanda imprevisível, que afete o ramerrão habitual, termina caindo no colo do delegado.

Os homens da Cultura não dormiam no ponto. Tomaram a peito as palavras do padre, convertendo-as em verdadeira acusação, e marcharam para a cadeia resolvidos a pintar os canecos para pressionar Zé de Gusmão, que vinha empurrando o caso com a barriga, sentado em cima do processo.

De fato, os grandolas mais afetados colocaram o delegado contra a parede. A confusão foi medonha! Parecia que uma nova era prometia e deram-lhe o recado inequívoco: ou reabre o processo, toma o caso na unha, ou então perde a farda!

No meio de tal sufoco, a autoridade não teve outra saída senão prometer reabrir o caso sobre o sumiço de Capitão, e ali mesmo, com a faca nos peitos, intimidada pela aglomeração, terminaria agendando o depoimento de Prego, agora sob muita gritaria e aclamação.

PREGO

17

O caso é o seguinte.

Na verdade, o delegado já fizera diligências preliminares sobre a morte do jerico. Procedera às primeiras instruções para formalizar o processo. Ouviu um e outro, pisou pra cá, pisou pra lá, a coisa ia até bem. Mas ao dar-se conta de quem era o suspeito que devia incriminar, descontrolou-se, coçou a cabeça e voou até de costas para concluir logo o processo que, de alguma forma, lhe sapecava as duas mãos.

Logo a seguir, talvez até tenha cogitado em fazer uma sabotagem. Mas, enfim, não. A safadeza podia não dar certo. Não ia comprometer a sua farda. Então, sacou a velha manha jurídica de falta de provas. E em vez de remeter suas conclusões ao Juízo, preferiu arquivá-las. Não ia oferecer denúncia no vazio, blasonava. Não havia a quem indiciar, faltavam-lhe elementos, testemunhos e provas materiais.

Como era de se esperar, gerou-se uma celeuma medonha, e, para não ser a todo momento importunado, mandou afixar na parede da delegacia um cartaz com os dizeres: O PROCESSO DO INDITOSO JEGUE CORRE EM SEGREDO DE JUSTIÇA.

Modestos, descrentes, habituados às derrotas do dia a dia, os partidários de Prego sossegaram. E a coisa foi ficando por aí.

Semanas mais tarde, porém, ao ser bastante pressionado por não conseguir rebater as evidências, alegaria, displicentemente, que o prazo legal prescrevera, já caducara há um lote de dias. E assim, sem mais nem menos, não deu mais satisfação a ninguém. Continuou se esquivando das acusações, com a papelada do caso metida na velha pasta que remontava ao princípio da comarca. A capa ensebada trazia em letras garrafais: CASOS INSOLUCIONÁVEIS.

A bem da verdade, a dita pasta, polpudíssima, com o elástico dos cantos afolozado, servia de cemitério aos processos embrionários, com a formação de culpa propositadamente mal alinhavada, e que, com toda a certeza, jamais voltariam a ser compulsados. Mesmo inconcluso e retorcido a jeito, o conteúdo de qualquer um desses autos, de um modo ou de outro, sempre apontava no caminho a suspeita de algum graúdo. Abordado, convidado a dar explicações, o titular alegava simples coincidência.

Era uma vergonha! A lei só chegara até ali. É como se os rábulas espertíssimos, de língua passada com o meritíssimo, recomendassem ao Delegado: "O promotor já disse que não oferece denúncia! Vire esse dedo pra lá".

Convém reforçar que casos dessa natureza, cuja suspeição recaísse nos homens honoráveis, sempre davam uma reviravolta. Depois de muito licutixo, de um lote de venha-cá-e-vá-pra-lá, a espada da justiça, destemperada, terminava embicando para algum pobretão desamparado. E se porventura, mais tarde, depois de novos contratempos, um desses infelizes se convertesse em vítima, os prejuízos nunca seriam ressarcidos, nem tampouco abonados pela chancela oficial.

Se era acusado como suspeito, porém, a cantiga era outra. E mesmo antes de chegar a réu, estava com a vida liquidada. Ia bater com os ossos na cadeia. Até mesmo Desidério, que sempre defendera os miúdos, e se pelava por uma conversinha a gosto, só abordava esse assunto comigo passando por longe, com meia dúzia de esfiapadas alusões. Remanchava. Acho que de alguma forma se considerava comprometido, quanto menos não fosse, por ser cidadão do mesmo município. Sendo assim, este caso ilustrativo vai correr por nossa conta.

Prego é realmente um nome irrelevante e sem sabor.

Mormente numa terra onde o frei exaltava a hagiografia, as pessoas eram estimadas conforme o nome do santo. Mesmo cabeçudo, feioso e baixinho, arrematado pelo apelido espúrio — o suplicante abrigava um coração risonho, temperado por uma pitada de malícia. Onde ele estacionava, podia se apostar — haveria diversão.

Embora habitasse um barraco, afastado umas quinze braças da rua do Tanque, era uma figura bem conhecida e badalada, também devido a seu ramo de trabalho. Se este quefazer lhe fora imposto ou escolhido, é coisa que ninguém sabe. Mas lhe viera bem a propósito, visto que era a justaposição corporal que servia a todos os aguadeiros: baixote, troncudo, oveiro baixo, canelas curtas e cambaias. Enfim, uma criatura sobretudo atarracada, que o sol tornara cor de mel, e se combinava a labutar ao lado do jeguinho, proveniente de uma raça de peito largo, retaca e bem calçada.

Revejo-o com os pés descalços, ágeis no jogo de bola, driblando a rapaziada com um gingado pachola. Ainda acompanho aqueles pés patudos, cujo rastro no areal era um retângulo entronchado, visto que haviam perdido a cava.

O serviço rotineiro da dupla tornara-se imprescindível a boa parte da cidade.

Consistia em baldear, diariamente, de manhã e de tarde, água bebível do Tanque das Bestas para a freguesia mais despertada da cidade. Capitão, o quadrúpede de fé, é que arcava com o peso do líquido precioso no pinga-pinga do caminho. Carregava quatro barris de putumuju, um sobre o outro, sendo dois de cada lado, com as alças metidas nos ganchos de ferro. Se bem que a cangalha fosse bem aparelhada com esteiras de junco, afamadas de tão boas. Chegam mesmo a divulgar que aderem ao lombo imitando a macieza de almofada: o lombo alheio, claro está!

Mesmo assim o rojão resultava em sacrifício danoso. Embora todo santo dia espancado, mal o evoco, me acodem à memória, pela doçura que os grandes olhos derramavam, *O burrinho pedrês*, de Guimarães Rosa, e o *Platero e eu*, de Juan Ramón Jiménez. Histórias que só me vieram mais tarde. Bem preparadas, correram diversas línguas e países para gáudio dos leitores.

Assim que sentia no lombo a carga que Prego aprontara sem curvar tanto a coluna, devido à altura condizente, Capitão dava meia-volta e ganhava o caminho da rua, balançando aqueles orelhões enormes que auscultavam os perigos e tangiam as mutucas. Passava pelos casebres dispersos, pelas ruelas de terra riscadas com a pontinha dos cascos que levantavam poeira, pelas casas de taipa com suas calçadas estreitas de dois ou três batentes, até chegar ao centro com sua meia dúzia de ruas calcetadas.

Das janelinhas abertas do princípio da viagem, aos janelões de vidro das madamas, sempre havia quem o festejasse na passagem, com um sorriso na cara ou um dichote na fala.

Não era um animal passarinheiro. Umas vezes sério, outras debochado, outras faceiro — vá lá entender! Mal atentava em qualquer besteira que lhe atravessava à frente, ou surdia pelos lados.

Se era tão atilado, se enxergava tão bem, os orelhões com mais de palmo iam mais longe ainda. Era um jeguinho invocado. Vezes que, ao emparelhar com alguém desprevenido, resvalava-lhe o par de barris tirando fino. Raspava no fulano com tamanha classe, com tal precisão que mal o tocava com a parte mais abaulada e saliente dos barris. Era o seu jeito de fazer uma caçoada.

Surpreendido, o sujeito dava um pulo de banda, e lhe lascava:

— Opa! Capitão, diabo! Você tá cego!

Era como se o grito não fosse com ele. Prosseguia compenetrado, impassível. Caprichava na pisadinha miúda como se a pilhéria não lhe dissesse respeito. Não dava ousadia a alguém o interromper. Não ele, Capitão, debaixo daquela carga do cafruncho lhe torando o lombo.

Mesmo que o sujeito continuasse a clamar mais impropérios, nem assim o jeguinho se distraía. Mas de jeito nenhum. Não naquele momento de arrocho, que não podia nem se desobrigar, soltando uma mijada.

Então, lhe respondia de costas mesmo, usando outros recursos: obrava uns roletes fedorentos por cima da rabichola e, de quebra, com a sua bateria, enchia a rua de som: pum... pum... pum... pum... Por fim, se o turrão ainda persistisse, talvez protestando também com os braços, se o rebatesse com outra largada ferina — *levunco!* —, ele, por fim, lhe acenava um adeusinho com o balanço da cauda, como quem diz:

— Abasta! Já chega, presepeiro!

E abria mais o rojão quase se rindo, disfarçando, num rompante, que a cauda é pertinente a toda a jegada. Somente um recurso natural, um abano, um espanador contra moscas, mutucas e mosquitos.

Jeguinho inteligente e obstinado! Tinha a cabeça boa. Jamais se equivocara no trajeto torturante.

Ia de rédea batida, desasnado, tirava a limpo os dois turnos da jornada. É como se trouxesse o mapa das ruas e as fachadas residenciais, todas elas decoradas. Sem carecer de ouvir o *psiu...*

psiu... de Prego, ele esbarrava diante da casa das freguesas. Só faltava conversar. Esbarrava por conta própria. Talvez não por ser obediente, na estrita pureza do termo, como as donas de casa comentavam; mas pra mais ligeiro se aliviar do peso da água vazando pelas junturas dos barris, e da cangalha que lhe abria pisaduras sobre o lombo. Aflito pra se ver livre da carga.

Se a madama fosse folgada, se plantasse as mãos nas cadeiras e lhe viesse com maçada, Capitão perdia a paciência, abria a boca no mundo e pegava a ornejar:

— Me acuuda... me acuuuda... me acuuuuda... — E abaixando o tom: — Venha looogo... venha loogo... venha logo...

Assim resolvido e maroto, qualidades que aprendera e copiara de seu dono, era aclamado pela meninada que acorria ao banho do Tanque das Bestas. Nos torneios de cangapés e cambalhotas, servia de trampolim à rapaziada, que então o adorava como mais uma criatura que emprestava vida ao bando.

E Prego, sendo um modesto botador de água, não preciso encarecer que vivia na pobreza. Não era um dono zelador. O simples fato de manter o jerico ao alcance da mão, na miséria daquele ambiente onde os carroceiros depositavam lixo, nas cercanias do barraco afastado, era uma baita dificuldade. Não podia tratá-lo a pão de ló — como dizia fazendo uma careta debochada.

— Mas tenho de lotar-lhe a barriga com fartura, nem que seja de talos e capucos. Ou com uma fornada de espinhos.

Chegava com essa prosa e dava uma gaitada.

Pois bem. Certo sábado ou domingo, num desses dias de folga, o animal desaparecera sem deixar rastro, como um ente encantado. Devia andar morto de fome. Prego, que era amigo do copo e animava a turminha daquela ponta de rua — na véspera, uma noitada, excedera-se nas goladas. E se esquecera de alimentar Capitão, amarrado na estaca do fundo do barraco. Amarrado e apeado das patas e dos pés, diga-se de passagem, que o safado era veleiro. E, nesse ponto, Prego conhecia bem a peça, não podia facilitar.

Pois bem, só meia-noite velha retornaria do boteco trocando as pernas, tão encachaçado que mal pusera a tramela na porta, sem levar em conta Capitão.

Dia seguinte, mal acordara, pulou da rede com o corpo tremelusco, como se atingido com um fio de cobre desencapado. Um choque! Isso já perto do meio-dia, com os olhos rajados de vermelho, a cabeça rodando, a cara inchada de ressaca. De forma que não podia precisar nem a hora, nem o dia em que o animal escapulira. Caso isso não fosse presepada de algum moleque arteiro, que gosta de fazer graça, e escondera o animal por simples malineza, para provocar o riso da rapaziada diante do vexame de um Prego atarantado.

De tarde, deu um giro pelas cercanias, visitou os lugares mais prováveis, percorreu ruas e becos, esteve nos corredores das saídas mais próximas — mas não encontrou vivalma. Pergunta daqui... pergunta dali... e só coletou indícios falsos e difusos. Nenhuma novidade. Em casos dessa natureza, com um pau-d'água como ele metido pelo meio, não dá outra. O povo não apura o sentimento. E aproveita pra mangar.

Não era a primeira vez que Capitão obrava das suas. E o deixava suspirando à toa, com o cabresto na mão. Devia errar por aí em busca de um pasto reservado, ou atolado num capim molinho. Com tantas horas de fome, o leprento não deve andar muito por longe. Paciência. Amanhã é outro dia. Pode ser até que o denegrido procure a casa depois de escurecer ou lá pra meia-noite. Vai deixar a ração cheirosa aí no aió pendurado na ponta da estaca. Talvez até ele se alembre de casa, atraído pelo bafo da comida.

Segunda cedinho, depois de uma noite meio atormentada, Prego pulou fora da rede bastante preocupado. Vestido apenas de calção, espiou no fundo da casa, nas beiradas da rua, no entorno da lixeira, nos quintalzinhos da vizinhança afastada. Nada. E dia de trabalho!

— Desta vez o cafrunchento me pregou uma do diabo! Destá! Fica me devendo essa! Mas você paga! Ora se não paga! Molestento!

Logo mais, quando a manhã esquentou, a notícia correu.

Segunda era o dia da ressaca. Poucos marmanjos trabalhavam. Um batalhão de rapazes se dividiu em duplas e saíram vasculhando os quatro pontos cardeais da região. Andaram até cansar as pernas, por tudo quanto foi biboca, vez em quando alguns molhavam a goela na boca da garrafa, aviada na bodega. Era por conta de Prego. Mas, de tardinha, regressaram famintos, tontos, desconchavados. Não deram com a menor pista.

Na terça-feira, a coisa se repetiu. Já não era somente Prego que entrara em pânico.

A freguesia começava a pressioná-lo, a reclamar da falta de água. É certo que na praça havia outros aguadeiros competentes. Mas não era a mesma coisa. Capitão era uma peça estimada. Mas assim, do jeito que a coisa ia, sem água ninguém podia facilitar. A freguesia assanhada mal aguardou as vasilhas esvaziarem.

As comadres se juntaram, ganharam a rua, fizeram um alvoroço medonho. Nenhuma delas estava pronta a carregar água na cabeça, com o pote apoiado na rodilha:

— Coisa bonita! Ora... ora... Acabou-se esse tempo! Que acha, comadre Emerenciana? Será que nós ainda é besta? Que ninguém aqui se dá valor?

E ameaçaram negociar com outro aguadeiro.

Prego que relevasse. Era boa pessoa, mas devia beber sua talagada num copinho mais miúdo. As talhas, os potes e porrões das famílias não podiam esperar mais um só dia. E a sede... o banho dos meninos... o cozido da panela... A necessidade era grande. As casas precisavam se abastecer.

18

De Capitão, nem notícias. Sumira.

— O cafrunchento foi levado pra casa do diabo!

Clamava o pobre do Prego, coçando a cabeça. Era dia de ganho. Da última farra, não lhe sobrara um mísero tostão. E agora... via a freguesia se afastar. Negócio bonito!

E fora ao diabo mesmo. Acertara sem querer. Um pescadorzinho amarelo, com o barrigão esticado pela hidropisia, indo jogar o anzol no rio Piauí, onde já não havia peixe, porque o próprio dono do poço costumava envenená-lo maçando galhos e raízes de tingui, deu com o jegue todo inchado, boiando, fedido, encostado na ribanceira do perau.

Na mesma tarde, Prego acorreu ao lugar, seguido de uma procissão de desocupados.

Ao encontrar o seu ganha-pão naquele estado lamentável, alçou as mãos para o céu, prostrou-se de joelhos, mais morto do que vivo. Ficou mais pequenininho. Quem o avistava de longe, não lhe dava nem dois palmos. Explodira na tragédia pessoal...

Agora, finalmente, aquele processo que aparentava ter caído no esquecimento público volta com a corda toda, inflamado pela palavra do pároco, pelo clamor do povo, pela sede de justiça. E a abertura é bem comprometedora! Será coroada com o depoimento de Prego. Desde cedinho, o pátio da delegacia já tinia de tanta gente.

Às nove em ponto, horário designado pelo delegado, Prego chegou abanando os braços, carregado triunfalmente pela vizinhança da rua do Tanque. Ainda bem que não era tão pesado!

Havia um rabo de gente que se perdia de vista, inclusive levantando uma faixa com os dizeres:

CITRINA NÃO É VACA PRA SER ESQUARTELADA!

Essa qualidade de reivindicação, que pune a favor dos inocentes, costuma ser arrogada por gente de todos os quilates. De boca a boca, já corria o nome do culpado. Acrescente-se que a dor de Prego fora bem forte. Visto que ele não se impressionava com qualquer besteira. Além de divertido, tinha o calete amigueiro. No meio daquele aglomerado — é o consenso dos que o viram —, era o mesmo rapazinho troncudo, presepeiro e bom de bola, agora com o enfeite do cabelo já pintado.

Posto ao chão, Prego acercou-se descamisado, com as calças arregaçadas e descalço. Aliás, fosse inverno ou verão, debaixo de chuva ou de sol, nunca o vi sem essa reduzida vestimenta. Acho que se congruía com o seu ofício, visto que não podia exercê-lo sem mergulhar as pernas no Tanque.

Ao cruzar o pátio até a porta da delegacia — o cabo o escorou. Embora fosse seu parceiro de farra, ou por isso mesmo, agarrou-lhe o braço e partiu pra o esbregue:

— Deixe de ser besta, mano. Ande. Vá botar uma roupa decente, rapaz! Em antes que o delegado desmereça nóis.

De fato, a intervenção do cabo fora sensata. Ao ver que Prego voltava do pátio da delegacia descabriado, o pessoal do cortejo fechou em cima dele, babando para saber das novidades. E o reconduziu pelas ruas no meio de nova romaria. Quem possuía uma roupa que prestasse, uma camisa ajeitada, uma vestimenta que não fizesse vergonha, que servisse em Prego, oferecia pra ele se mostrar ao delegado. A solidariedade foi maciça. Choveu roupa pra todo lado.

A escolha não foi nada fácil, visto que Prego, apesar de musculoso, parrudo, feito do chão, talvez não chegasse a um metro e meio. O tempo urgia. Não dispunha de liberdade pra experimentar todas as roupas, embora a disposição de lhe prestarem ajuda fosse contagiante e geral. Zé de Gusmão, quando marcava uma hora, não tinha paciência de esperar.

Prego terminaria escolhendo uma calça de menino com o primeiro botão da braguilha fora da casa, colada nos quartos e na bunda. Calça curta, já se vê. Assim ficava mais a cavalheiro, com as canelas nuas, acostumadas a se banharem no Tanque das Bestas.

Escolher a camisa foi o pior. Sendo aquele tronquinho quase quadrado, nenhuma delas lhe serviu. As que davam em seu tamanho, não abotoavam. Pra compensar, vestiu uma bata preta, pinicadinha de branco, que descia abaixo dos joelhos, e ainda combinava com o bordado do cabelo. Ali mesmo, foi obrigado a experimentá-la sob o coro da rapaziada que gritava: "Apoiado... apoiado!". Mal a pusera, ele escanchou as mãos nas cadeiras, entroncou a cara sobre o ombro, e pegou a sassaricar... A molecada inteira gargalhava.

A nossa delegacia não passava de uma sala retangular, seguida de outro cômodo de pé-direito bastante alto, com uma porta e duas janelas gradeadas. Localizava-se nos fundos da prefeitura. O delegado presidia aos interrogatórios na sala, com os pés socados sob uma mesinha meio troncha, com uma banda escorada na parede. Sem o quepe, o cabelo ondulava em frisos de brilhantina. Tirou o lápis apertado na orelha, abriu o caderno sobre o lastro de madeira, recostou-se na cadeira e encarou a vítima, tendo a mesinha troncha de permeio.

Num mutismo absoluto, olha de cima, estica o braço e move a cabeça, mostrando o assento ao queixoso, que até então, a mando do cabo, estivera em posição de sentido, teso, calcanhares unidos, braços espichados.

Prego obedece com suspeitosa paciência, as feições meio largadas. Mais folgado do que apreensivo. Não aquieta o corpo. De sobejo, antes de sentar, ainda lança, aos parceiros apinhados na porta onde o cabo montava guarda, uma piscadela sobre o ombro. Encosta os quartos na pontinha do assento e, como se fosse uma saia rodada, a bata varre o chão, recobre todo o tamborete.

Para o cerimonial de Zé de Gusmão, a olhadela eventual, a princípio inofensiva, talvez cheirasse a desplante, devido a uma gaitada que ouvira, vinda da banda de fora. Um desrespeito, uma afronta que lhe tocara os brios, que merecia troco à altura.

Essa festa toda é porque, em raríssimas ocasiões, se quebrava o marasmo da cidade. Com uma plateia tão divertida e maciça, a rua da cadeia virava um agito. Zé de Gusmão aproveitava pra ostentar ares de grandeza. Afinal, envergando a túnica cáqui e esmaltada, sem o menor vinco fora do lugar, representa a ordem, a lei, o patriotismo, a disciplina militar. Assim, todos ganhavam.

Trata-se de um sujeito bem parecido, zeloso do porte avantajado. Costumavam fazer apostas, casavam dinheiro a favor de quem o surpreendesse circulando desleixado. Nas rondas rotineiras que empreende rua acima... rua abaixo... ao passar sob um poste de luz, a botina facheia de brilhosa, o anelão vistoso faísca no anular. A túnica era um brinco, as calças bem vincadas. Somente os ressentidos enxergavam que essa correção absoluta se desfigurava por conta do exagero.

Apesar do aprumo visual, Citrina em geral o aceitava sem estrilar. O reparo maior que lhe destinavam era o orgulho besta. A vida particular acastelada. Não admitia familiaridade com ninguém. Não puxava nem consentia brincadeira entre os colegas de farda. Em qualquer pé de conversa, quando o fulano abria o dente, começava a se alegrar, ele erguia uma barreira prontamente, como um boi que se rebela, sacode a baba e dá uma pontada. Talvez fosse simples tática. Política pra se furtar a apelos comprometedores, pra melhor salientar a mantença da sobranceria militar. Exceção feita à família Canuto — claro está! —, que lhe patrocinara a nomeação.

O delegado examina-se. Olha no ombro as divisas. Sacode um fiapo da túnica com um peteleco e, satisfeito com os próprios paramentos, começa a tomar o depoimento de Prego.

— Bem, a cidade é pequena. Todos aqui conhecem o peso de nossa autoridade. Eu mesmo já cruzei com o senhor no seu mister. Pode me chamar de capitão. Primeiramente, o senhor não pode mentir. Senão o seu caso emborca. Tá escrito aqui na justiça.

Ergue nas mãos um livrinho encapado, e corre duas linhas com o dedo.

— É a pena da lei. Mas vamos aos fatos. Entendido?
— Sim, incelença.

Murmurou baixinho, distraído, sem encará-lo. Bulia a vista de um lado para outro, como se andasse por longe, como se catasse alguma coisa miudinha, ou acompanhasse as voltas de um carreiro de formigas, que nada tinha a ver com o suspense do ambiente. É como se as advertências lhe resvalassem na bata.

— A rigor, como autoridade, eu não devia nem ouvir o senhor... Pra mim, qualquer gracinha é desacato. Mas vá em frente. Aqui a lei é nivelada. Me preste a sua queixa.

— Incelença, sou um supricante sorto no mundo. Sem parente, sem aval e sem famia. Bati com os ossos aqui quando ainda era de menor. Sartei do trem maria-fumaça, já depois da derradeira apitada... E fui ficando... fui ficando... até representar o dia de hoje. Bebo a minha cachaça mas não bulo com ninguém. Nunca tive preso, nem com sordado na minha cola.

— Esbarre... esbarre...

O delegado avançou o tronco sobre a banquinha, e esticou o braço quase tocando o peito do queixoso:

— Começamos mal! O que o senhor quer me dizer com essa cantilena?

— Só tô aqui aborrecendo sua incelença porque os mano aí fora me pediu. Mas tô quase morto.

Abana as duas mãos, encruza e descruza os dedos com o arco dos braços vadiando acima da cabeça.

— Perdi o meu ganha-pão. Tava com a barriga toda inchada, em tempo de estourar. Assim...

Se alça do tamborete, vai rodando o tronco com os dois braços como se fosse abarcar a sala inteira. Parecia uma baiana. A roda da bata chegou mesmo a se espalhar, como se fosse uma saia. De olhos fechados, como se tivesse recebido alguma graça.

— Deus me perdoe, incelença, mas se não era água, não morreu afogado!

— Chega... pare... pare... O senhor quer fazer teatro. Assim não vai. Com tanto arrodeio o caso não anda, não cabe no processo. Isso aqui não é uma função. Atenha-se ao fato. O senhor é obtuso? Vamos por partes pra ver se a coisa anda. Onde encontrou a vítima? Local... dia... e hora...

— Foi pra mais de mês. Com o sol naquela artura.

Aponta, pela janela, uma nesga do céu.

— No poço de seu Duarte. O bichinho já fedia a defunto. O mesmo poço que costuma ser envenenado depois que o rio bota cheia e o peixe torna a vir das cabeceira. Boiava com aquele barrigão despamparado. Parecia a monstra duma fulô.

— Esbarre aí. Alto lá! Não pode citar nome de ninguém. Nem maldar. A matança desses peixes foi há tempos. Já prescreveu. E o poço é do dono. A delegacia não tem parte nisso. Eu lavo as mãos, como tá na Escritura. Não me torne a outra. Retire o que disse... Retire...

— Arretiro. Se a zoada é por isso, teje arretirado. Mas é como lá diz o outro, incelença: ele pode não ter sido afogado.

— Mas como? De novo? Que inventação boba é esta? Se até peixe, quando boia e incha, é porque foi afogado... Ande. Diga!

E antes que Prego abra a boca, o delegado se recosta na giratória, brincando com o lápis, e gunguna consigo mesmo:

— Ah, jumentinho tolo, desgraçado! É um babaca! Pois com tanta capineira aqui por perto, e procurar a morte assim tão longe! Ou o senhor o deixou com fome. E isso também é crime. O senhor sabia? Ou senão a caipora o mareou...

Acho que saiu com essa lorota tola pra se mostrar descontraído, ou pra amedrontar o suplicante, pois o cenho carregado e a testa franzida indicavam o contrário. Ia perdendo a paciência. A situação se revertia.

— Mas incelença...

Prego sentira o beliscão. Não se mostraria agastado. Ganhava tempo e paciência. É como se trouxesse alguma manobra engatilhada.

— E os buraco na testa do defunto, acima do pé da venta? Tamanho de um limão?

— Bem, pode ter sido alvejado depois de morto, por algum maluco brincalhão. Caçador é o que não falta por essas bandas. É ou não é?

— É certeza! Mas por aqui a caça é de pena: nambu, codorna, araquã, saracura. Não tem caça de couro, incelença. A não ser muito miúda: coelho, preá, rato-de-espinho. Esse derradeiro mora atrepado e escondido nos gravatá que nasce e se cria nos paus. A gente futuca a moita com uma varinha, ele bota a cabeça de fora pra espiar o que é. E o caçador: pá! O chumbo que nóis bota é escumia, mode espaiá que nem uma tarrafa. É difícil o freguês perder o tiro.

— Que temos nós a ver com isso?

O delegado gritou, desinquieto. Via-se que perdia as estribeiras. Acho que se distraíra compondo pose. Perdera o fio da meada.

Incontinente, Prego se encolheu dentro da bata, ouvira o grito como quem recebe uma rajada de chumbo. E respostou num tom da mais deslambida inocência:

— Só declinei que aqui ninguém caça com bala.

— Como o senhor chegou a isso?

E estende a mão ironicamente:

— Cadê a sua carta de investigador?

— Cheguei assim: pro má pergunte, aqui em roda de nós, quem é o caçadorzinho besta que se atreve a portar armamento de bala? Não com um delegado assim potente. A incelença prendia na mesma hora. Não é certeza?

— Se você mesmo está dizendo...

— É. Mas em certos casos, a cadeia não presta. É o comento que corre por aí.

— O senhor tá enganado!

O delegado pulou da cadeira:

— Aqui dentro, todo mundo é nivelado.

Com um golpe de mão, cortou o ar.

— O senhor me diga o autor do boato!

— É certo! Difícil é botar o pé aqui dentro. Mas sendo como a incelença diz, o boato muda de figura.

A esta altura, Zé de Gusmão já estava constrangido, quase descontrolado.

— Não se amague, incelença. Não se amague. Mas é como lá diz o outro: é um fenômego. O meu jumento pode não ter morrido afogado...

— Mas como? O senhor torna a bater no mesmo ponto? Tá se fazendo de abestalhado? Tomando sopa comigo?

— É mode que somente agora alembrei que, perto do poço, a areia tava empapada. O chão bebeu muito sangue. — Faz uma arcada com os braços. — Dava pra encher uma bacia.

— Vamos que seja. Mas tem prova que o sangue era de seu animal? Algum perito lhe deu atestado de delito?

— A prova é o capim amassado. Tem uma tria por onde o corpo foi arrastado. Nasce na mancha de sangue e só esbarra na água. Uma tria com tufos de cabelo do jumento.

— O senhor tem aqui alguma prova? Quem é a sua testemunha?

— Incelença, muita égua raçuda bebe daquele poço.

Pela primeira vez, Prego apertou a voz, falando sisudo, salientando as tônicas:

— O dono cria ali umas quarenta. Todo ano marca elas nos quartos. Parece que gosta de ver o ferro chiar. Valem uma fortuna. E uma arma, proibida por sua incelença, alveja três buraco deste tamanho.

De novo, fez um círculo do tamanho de um limão.

— E logo entre os zoios do meu ganha-pão? Não é um negócio invocado?!

— Alto lá. Já chega! O senhor não pode incriminar.

— É. Mas faço uma base.

Nessa altura, Prego segurou a voz.

— Capitão, que é fogoso, deve ter tentado cruzar uma égua — e então o dono veio de lá e apertou o dedo — pô... pô... pô...

O delegado subiu nos calos. Sentiu-se encurralado. Perdeu até a pose. Não gostou. Nem da versão incriminativa, nem de ouvir que o defunto se chamava Capitão. Bateu o lápis em cima do caderno, que chega a pontinha quebrou. Não ia engolir outra afronta do safado. E arrematou:

— Está tudo muito vago e incompleto. Desse jeito não dá pra concluir o processo. O senhor não cooperou. Ficou arrodeando que nem peru fazendo roda. Assim, o juiz não recebe a petição. Não abre vistas mode o promotor acusar. Se faltar qualquer coisinha, não me adianta encaminhar a papelada. Por hoje, teja despachado! Vamos ouvir as testemunhas pra decidir o que se faz. E repito: não me torne a maldar de ninguém. Senão mando lhe prender. O interrogatório tá suspenso. Fica remarcado para a semana vindoura...

CRUZEIRO DOS MOREIRA

19

Anos e anos mais tarde, se combinariam uma desgraça e outros fatos exemplares que, se estimados com a devida paciência, se entroncam, de algum modo, no curso desta narrativa. O simples fato de me reocupar de Desidério e Duarte Pirão, colocá-los quase frente a frente, agora já meio banidos pelo tempo, talvez aclare, com mais força de persuasão, o porquê de aqueles dois conterrâneos nunca se entenderem.

Na fazenda Cruzeiro dos Moreira, ali em nossas cercanias, havia um cavalo meio lendário, de má reputação, flagelado por ser traiçoeiro e perdido. Como no tempo de poldro fora dia a dia massacrado, de certa feita, com esses reflexos decerto lhe formigando nos miolos, resolvera se rebelar. A partir daquele ensejo, pra bem dizer, ninguém lhe encostava a mão: escouceava, mordia, batia com as patas soltando chispas dos cascos afiados — em conformidade com os agravos que sofria.

Por mais que lhe doessem as vergastadas do adestrador alucinado, jamais se dobraria à força bruta. Aprendera a detestar a servidão empurrada pelos tiranos, calculadamente, sem o arejo de uma bobagem qualquer que agrada ou amacia. Se lhe infligem uma esbarrada com soberba, se os cantos da boca sangram com o repuxão das rédeas do barbicacho ou, pior ainda, da brida de ferro bruto, aí então assuntem bem para ver...

É uma presepada dos diabos! O cavalo sacode a baba sangrenta e esfiapada já desadorado; freme o couro, indício de que vai cobrar caro a malvadeza. Endurece o caroço do olho e arqueia o pescoço como uma cascavel para o bote, as patas dianteiras se erguem e se agitam socando o ar, dando tanjo na empinada. Parece um cavalo de circo obediente a um roteiro que presume o fatal, um satanás escolado e vingador. E então se conclui revirando sobre as próprias costas, despedaçando a sela, no claro intento de acabar com o cavaleiro.

Foi em consequência de uma desgraceira assim, justo fatal, que meu pai teve de interferir, tomando as dores do animal.

Ele contava o caso como quem fala de um castigo.

Após dois anos de seca emendados, o último inverno fora generoso. E, agora em dezembro, as trovoadas chegaram pra fechar um ciclo de fartura. Com tanta capineira enchendo de verde este mundão de nosso Deus, valia a pena se agradecer. A festinha anual dos Moreira seria, desta vez, num dia especial. Iam celebrar Nossa Senhora da Conceição, uma espécie de protetora, de madrinha da família, de padroeira da fazenda. Ia haver capa, vacina e apartação da bezerrama. O ajuntamento fora marcado para de manhã, na aba nova do curral, que era mais fresca e sombria. Esperava-se uma labuta abençoada.

Somente depois do serviço feito, com a soltura festiva dos animais, o pessoal teria acesso à comilança e à bebeção. Trabalho com bebida não combina. Os convidados foram muitos. Gente de perto e de longe. Mesmo assim, se sobraram alguns lugares vazios, nas mesas de tábuas sobre cavaletes, improvisadas, foram preenchidos pelos penetras. O Moreira mais velho tinha fama de ser farto.

Daí a horas, com todos estacados de comida, e alguns tontos da cachaça que ainda rolava solta, começariam as brincadeiras pesadas da rapaziada. Inclusive casos cabeludos, inconvenientes a meninos e mulheres. São coisas que, numa tal altura, ninguém pode atalhar. Até mesmo os mais embiocados também pegam a contar façanhas, casos de mulher-dama e de valentia. Convenhamos, aqui na região é o costume.

Duarte Pirão, que vivera uns anos arretirado e que depois que se enfronhara na política foi acolhido a contento, até por conta da dinheirama avultada e uma restiazinha de curiosidade. Mas isso só no princípio, enquanto lutavam com o gado.

Já de tarde, um sujeitinho com a pança lotada de meninico, e a cabeça chocalhando de cachaça, apontou-o como o sujeito de índole perversa que, na mocidade do cavalo, lhe pusera o primeiro cabresto, mas não sem antes tomar a covarde precaução de ajoujar a queixada do cavalo num mourão de quina-viva e amolada, e açoitar-lhe a relho cru, até o braço entorpecer, e o cavalo, banhado de suor, começar a se mijar.

— Artifício que costumava engendrar — o fulano fora em frente — pra quebrar as forças do animal. No desespero de se safar, o supliciado esticou tanto o pescoço que quase o desencaixa da cabeça. E teve mais! Só que as testemunhas afrouxaram. Nós todos ouvimos os ossos da queixada estalar como se tivessem se deslocado. O queixal ralado na quina arestada ficou arroletado em carne viva. Virou uma cicatriz medonha! Dava pena de se olhar. Uma cicatriz que nunca encabelou. Inclinem a cabeça do cavalo. Olhem de pertinho e me digam se estou mentindo…

A bebida ainda corria farta e solta. Duarte Pirão, que também já abusara da dosagem, ia lá e vinha cá sem se preocupar com o revólver apertado sob o cinturão.

Recebeu os comentos com maus modos. Não gostara de ouvir seu nome envolvido e acusado como o sujeito que botou manha no cavalo. Rebatera que aquilo só cabia na cabeça de um maluco. E marchou para o sujeito.

Felizmente, desta vez, prevaleceu o bom senso do aparta-aparta. Um bolo de gente partiu pra cima dos dois. Com disposição de suicida. Visto que ele erguera o revólver e dera um tiro pra cima. Abufelaram-no. Não chegou para quem quis. Tomaram-se o revólver e o facão.

Diga-se logo que ele era enrixado com o citado animal, que certa feita o atirara sobre os espinhos de uma moita de calumbi. Tanto é que, por isso mesmo, viera a negociá-lo com o mais tolo dos irmãos Moreira. A partir de então, o cavalo passara a viver solto no pasto, folgado, visto que o novo dono também sofrera um tombo. A fama correra. E ninguém mais se ofereceu para montá-lo.

De um Duarte Pirão assim, soltando baba pela boca, fora da razoabilidade, da paciência costumeira, pode-se esperar qualquer desforço. Não convinha facilitar.

— Vamos tirar este caso a limpo, rebanho de vadios!

Gritou para todos ouvirem. E, sem mais conversa, mandou pegar o animal.

Esperou-se mais de uma hora numa expectativa danosa, com o copo correndo e muita conversa jogada fora.

A cada palavra, contrariando a expectativa geral, Duarte Pirão mais se inculpava. Prometia ser impiedoso, deleitar-se com as chicotadas que iria desfechar no pescoço, na cabeça e nos quartos do cavalo. A agressão verbal que sofrera do sujeito, mais a vingança que não o deixaram praticar — iam sobrar para o cavalo.

Afinal, lhe trouxeram o animal. Chegou a hora. Para concluir o fero intento, ele afivela sobre a bota as duas esporas de rosetas agudíssimas, escancha-se sobre a sela bem arreada e, aprumado no alto do cavalo, com o chicote pendente do pulso, solta o berro de sua maioridade racional:

— Conheça agora o que é perna de macho... viu, corno safado!

Esclareça-se que no dia a dia não costuma agir assim. Até pra castigar era no cadenciado, até mesmo devagar. Nada de rompantes bruscos. Mas naquele momento descontrolou-se, dominado pelo império da cachaça. Entrementes, crava as esporas na volta da pá e repuxa as rédeas num solavanco dos diabos para arrancar os dentes, desencaixotar a cabeça do pescoço, deslocar os queixos ou lascar a boca do animal. Somente assim ficará de alma lavada.

Mas a lógica da vida não perdoa. Duarte Pirão pouco gozaria essa lavagem convertida num mingau nojento de baba e sangue que, aos fiapos compridos, escorria do animal desafiado.

— Abram esta cancela!

Gritou meio engasgado. Surtara.

Mal deixa o curral, o cavalo ergue as patas dianteiras, esquecido de que é realmente um quadrúpede. Ajusta o corpo ao intento de um bípede, e sai saltitando pra cobrar sua desforra, equilibrado apenas nas patas traseiras.

Agora, o caso é com ele. Não sei se tinha a memória boa, mas vê-se que a disposição do homem o contagia. Duarte Pirão chega a tremer nas bases, mas açoitado também pela soberba, subestima a psicologia cavalar.

Quando vê a coisa feia, em vez de pular da sela a tempo de safar-se, faz é agarrar-se ao pescoço com a cara atolada na crina do animal. Crava-lhe as mandíbulas mais abaixo até o sangue abrolhar, como se tivesse dente de morcego. E, ainda sequioso, movimenta as mãos duras de tenazes, como se pudesse esganá-lo. Debruça-se ao longo do pescoço e enfia-lhe os polegares nos dois olhos, enquanto solta gritos e joga pragas como um endemoniado.

Ao emparelhar-se com uma carrada de pedras, postas ali para encacetar a derradeira parte do curral novo ainda por findar — o cavalo empaca e encolhe-se, calculando o tanjo certo.

Neste ponto, perante o abismo que se abre à vista de todos os presentes, vozes alteradas clamam que Duarte Pirão esbarre de ser doido e salte do cavalo. Que já não tem idade pra essas proezas. Mas na altura, comprometido somente com a malvadeza, o homem nada via nem tampouco escutava. A ira lhe cegava os sentidos.

De repente, o cavalo assopra talhadas de sangue pela venta. E sai rodando como uma carrapeta. Empina-se e eleva-se. Visto de lado, é quase uma linha vertical. Prossegue indo de costas até encostar nas pedras.

O instinto magoado de fera alucinada se condensa de tal forma que o ar do curral se torna irrespirável. É agora! O cavalo vai queimar o último cartucho.

Arria as patas dianteiras para o impulso e atira-se ao vácuo, sugado por uma energia que o libera do sofrimento. Cresce alguns palmos com as pernas desmangoladas se debatendo sobre o corpo, rolando sobre si mesmo, e sacode o relincho de sua danação.

A força da gravidade o solta de lá de cima, e ele desaba como uma montanha, estatelando-se de costas sobre Duarte Pirão, que, ao lhe amaciar a queda com o corpo, terá um pulmão rompido e a cabeça espatifada.

Correm a acudi-lo: tomam-lhe o pulso, sacodem-no com assopros nos ouvidos, bolem no bago do olho, mordiscando-lhe os dedos. Mãos duras estouram-lhe os botões da camisa, massageiam-lhe o peito robusto e cabeludo. Apalpam-no de lá e de cá. Mas cadê a respiração? O povo todo invade a cena pra espiar de pertinho. Uns tocam o corpo, outros lamentam:

— É pena! Coitado! Que horror!

Igualados ali perante a morte, todos têm um comento a fazer.

Daí a pouco, minha gente, gera-se nova contenda. A opinião dos homens se divide. Somente depois de um exaustivo mata-não-mata... mata-não-mata... afinal, chegam a um consenso: vão sacrificar o animal! Partem então para o cara ou coroa, para a escolha do atirador que lhe alojará um balaço entre os olhos.

É o que digo: o destino é insondável. Pois neste exato momento, arrastou meu pai pra o meio da contenda.

No instante de expectativa em que jogaram a moeda para cima, meu pai ia passando pela estradinha que renteia o curral e leva a sua fazenda, que se situa ali adiante. Foi atraído pelo alvoroço e resolveu chegar pra perto, tirar a limpo o que era aquilo. Então, deu de rédeas, e riscou o cavalo na cancela do curral a tempo de ainda ouvir o calendário da vaqueirama.

— É matar mesmo! Um cristão não pode se acabar assim impune na unha de um pagão!

— Este desgraçado tem de pagar na mesma moeda!

— Mal empregado se desperdiçar uma bala com uma vasilha assassina e imprestável!

20

Posto a par da sentença que pesa sobre o cavalo, meu pai não contesta assim logo de primeira. A experiência o ensinara a ouvir com paciência, a estudar a fisionomia dos implicados, a serenar os ânimos, a segurar a emoção, a vigiar a hora oportuna de manifestar os próprios sentimentos.

Conversa com um e com outro, amaina a raiva dos mais inflamados, pede que sejam cristãos, que primeiro zelem pelo morto. É uma providência mais decente. Mais de acordo com tanta gente boa e civilizada. Uma coisa recomendada pela religião.

— Vamos mandar rezar uma missa pelo Duarte Pirão. Assim é melhor.

Sendo vizinhos de cerca, ele sabia que os Moreira eram tementes a Deus, e viviam — ainda que vagamente — encostados em certos preceitos da santa Igreja.

Pelo silêncio que então se espalhou, meu pai sentiu que a sua palavra ganhara peso, e resolveu ir adiante:

— Pelo que estou vendo, este cavalo tá acabado. Vejam como treme o corpo inteiro, parece um ataque de paludismo. Espiem a roça de sangue aqui na cova da pá. E este jabro aberto entre a orelha lascada e o pé do encacho? Já viram isso?

Pergunta, conduzindo o olhar dos circundantes, abrindo o talho entre o indicador e o polegar:

— É de caber qualquer mão! Quem de vocês me garante que este moribundo vai escapar? O cavalo tá cego e caído das carnes.

Baixou um silêncio geral, e ele deu um passo adiante:

— Nós todos estamos de cabeça quente. Vamos pedir calma a Deus. Vamos deixar pra resolver o destino do cavalo amanhã. Ver se ele recobra alguma melhora, pra que não se sacrifique um semimorto. Pra que perder uma bala assim em vão? Quando ele se deitar, talvez nem levante mais...

— O cavalo tem dono! E, como lá diz o outro, vaso ruim não se quebra. Mas ninguém empata ele morrer. E vai ser indagorinha.

Meu pai estremece. Se demora coçando a barba com a mão: precisa encontrar uma saída.

Os homens estavam, de fato, com o sangue agitado. A vida do cavalo era do dono: não cabia contestar. De repente, sorriu, lembrando que o tolo dos Moreira, justo o dono do cavalo, não pode ver dinheiro sem se atirar logo em cima. E então sai com esta:

— Eu compro o cavalo!

O outro, embora colhido de supetão, estanca a catadura feroz que vinha fazendo e começa a se lamber. Muda logo o foco da conversa: converte a soberba em cobiça.

— O cavalo é de primeira. Adauto do Brejo Grande mandou me oferecer uma carteira cheinha de dinheiro. E eu não vendi.

— Fico com o cavalo em troca da neta de Borboleta, a peça que você andou me sondando pra comprar — torna meu pai.

— Não. Não me serve. A sua vaca é manteúda e de boa procedência. Tem úbere abaulado e é, de fato, bonita, vai ser boa de leite e criadeira. O sangue não nega. Mas nesta ocasião não me convém. Mesmo que fosse banhada a ouro! Duarte era meu amigo. Me cedeu o cavalo em confiança, e eu, sendo homem de sentimento, toda vez que chegar perto da novilha vou carpir um aperto sob a capa das costelas. Não, meu coração não aguenta. Não vou amamentar este remorso. Se você quer mesmo o cavalo, pague agora e desapareça com este satanás de minhas vistas. E tem uma condição: solte este diabo numa capineira que eu não veja nunca mais! Desterre ele para os quintos dos infernos. Caso contrário, eu não respondo por mim. Esse Duarte aí — aponta com cabo da cruvelana — era mesmo que um irmão!

Para encurtar a história, meu pai comprou o cavalo machucado, deu-lhe o nome de Suveni, arrumou-lhe trato com banho e cocheira, providência que foi logo espertando a confiança animal.

Na ocasião, o primeiro nome que lhe acudiu foi o de Sebastião. Era o homem que podia entender e confortar o seu cavalo. Mas aquele amigo dos bichos há anos sumira no oco do mundo. Ninguém dava notícia. Exerceria o seu carma numa nova freguesia?

Com o correr do tempo, depois de muita persistência, o animal sarou, inclusive da zanga, habituou-se a meu pai. Até que, ao avistá-lo de cabresto na mão, o cavalo trotava a seu encontro.

Não sei se o animal era realmente um tijolo, conforme propalavam. Mas sei que a estupidez de Duarte Pirão não vergou-lhe o calete, nem lhe arrancou a maranha. Enfim, prosseguiu cheio de merma. Os maus-tratos não lhe serviram de lição.

DESIDÉRIO

21

Há dezembros e dezembros. Este está mais pra lá do que pra cá. Dia de Natal.

É esse mesmíssimo cavalo malcriado e malquisto pelos homens que agora, entre um rescaldo de trevas e neblina, se encaminha ao curral novo do Fundão. Nem sabe ao menos que vai conduzindo os derradeiros dias de meu pai. Lá se vão um sobre o outro. Mas avistados assim de longe, com o permeio do tempo, e a penumbra que antecede a manhã, é como se compartissem a madrugada com as vidas irmanadas.

A esta altura do tempo, ele já separou uma aba de terra pra Cipriano.

— É pra ele educar os meninos, encaminhar um futurinho. Estando com a gente há tantos anos, servindo aos bichinhos, é muita maldade ficar desamparado.

Suveni vai indo por onde lhe aponta a veneta. Caminha na incertitude, se torce assim meio de banda, como quem procura uma árvore qualquer, ou os ripões de um curral pra se coçar. Cabeça inquieta, rodopia, vacila, assopra o chão, entesoura as orelhas como se pressentisse um vulto inimigo, e arrasta os cascos se precavendo de todos os trens novos que o rodeiam. Sabe-se lá se não lhe vão tanger uma porrada?!

Emboca nos mesmíssimos atalhos já batidos por sua velhaca mania cavalar: sobe e desce a pirambeira do Cabula, já mais desasnado; costeia a Pedra de Fogo de encostas escarpadas; amiúda a passada na piçarreira do Alto do Coco; perpassa a várzea do rio Piauí, ali rente às areias do finado Elvino, onde o Manoel Davis levantaria um curral para o traquejo de seus animais de estima, premiados em pistas de vaquejada. E que madeirame!

Retoma o rumo do Fundão, dando peitadas no capim-angola cujas hastes se inclinam com o banho do orvalho e, sob o bocejo das últimas estrelas que vão se despedindo, se danam a cheirar.

É o itinerário, tantas vezes repetido, que Suveni e meu pai juntos adotaram para as rotineiras manhãs da corra pelos pastos. Não sem antes o cavalo cismar meses e meses numa perquirição desconfiada, zanzando pela borda das picadas, somente relaxada pouco a pouco. Um tantinho hoje, outro amanhã. Requeria tempo e perscrutava o terreno, sempre olhando de banda e assustado, talvez se resguardando contra o fantasma de Duarte Pirão que, num estalar de dedo, podia surdir de qualquer moita.

Não gosta de novidade. Só se rende ao cavaleiro ou se deixa conquistar — e vejam lá! — depois que prolonga essas exigências cujas respostas bem sondadas devem bater com o seu crivo.

Até ali em Citrina se celebra a chegada do Senhor Menino — meu pai vai se lembrando. Quebra o chapéu na testa, mas mesmo assim, devido ao vento frio, pouco a pouco vai gelando a ponta do nariz que começa a gotejar.

De repente, uma corujinha da raça caburé pula na estrada, e o cavalo se encolhe, espantado. Meu pai o retém pelas rédeas, amolga o chapéu de baeta que ia caindo, e logo acama-lhe a crina com leveza, correndo a mão ao longo do pescoço. Sestroso e apanhado, Suveni só se sensibiliza com a doçura. Só lhe atraem a confiança com muito jeito e cordura. Requer um prazo certo pra andar bem à vontade.

Sem um só puxão nas rédeas, vê-se que o cavalo vai se desobrigando. As batidinhas que lhe afagam a tábua do pescoço lhe sabem a agrado e a conforto. Desidério se apura pra que o cavalo continue convencido de que é o dono do mundo. De que erra em benefício do próprio deleite. E, nessa pisada, vai ganhando terreno pouco a pouco, até alcançarem o destino demarcado. Difícil mesmo é separar o condutor do conduzido.

De fato, com poucas braças de caminhada a mais, Suveni abranda o mau gênio e aquiesce, pega o picadinho miúdo e viageiro.

Cavalinho bom de rojão, coxim de almofada — vai divagando o meu pai —, visto de baixo, é animal a que se bota preço até de longe: bem encascado, peito aberto, pernas bem plantadas, joanetes finos. Enfim, é uma peça saída da mão de Deus, moldada a capricho para não cair nem entropicar.

É pena que carregue essa balda de andar arisco, com as duas orelhas espetadas. Só pisa direitinho quando se põe relaxado. Sua soberba exige trato macio, rédeas flexíveis e folgadas, assim meio bambas e caídas. Mas... quem é todo perfeito neste mundo? Cavalinho desgraçado de bom esquipador, de se lavar com um bochecho de água de moringa; montaria de não fazer vergonha a ninguém; coxim com macieza de algodão, de confortar um cristão doente até ao fim do mundo.

Meu pai estende o olhar à frente, abarca a distância e faz uma estimativa dos minutos que o separam do curral. Falta pouco. Inclina-se na sela e puxa com as mãos, um a um, os sete paus da porteira na embocama da Suzana Velha.

Só falta mesmo transpor o riacho do Capa-Bode que, conforme o regime das chuvas, conjugado com o pisoteio das vacas, há meses em que vira um atoleiro itinerante, dias aqui, dias acolá.

Suveni, de rédeas moles, baixa a cabeça pra cheirar onde anda o perigo, sonda e apalpa a lama da beirada com as patas dianteiras, até escolher o ponto mais seguro da passagem. Meu pai confia cegamente na alternativa do animal. Nem chega a sentir na sela o incômodo da travessia do riacho, bem amontado sobre essas quatro patas rijas e seguras que até hoje nunca falsearam.

Agora, Suveni pressente os arredores cheios de vida anunciados pelo fortum das bostas frescas, o movimento e o calor bovino que adoçam e dão vida ao curral. Apressa mais a andadura como se o coração palpitasse alegrado. Contorna a moita de serra-goelas, se encobre por três minutos na sombra do juremal, aspira-lhe o frescor das flores em profusão que mais logo serão tomadas pelas abelhas jitaí.

Entremostra-se adiante, imerso na neblina da baixada, como uma ondulante aparição que entra e sai das moitas sombreadas, até vencer o lanço de sempre-verde alto e orvalhado para, enfim, pegar a estradinha batida pelas vacas leiteiras, no vaivém diário do manejo no curral. Avança desobrigado, num bonito troca-pés, com os cascos chamegando na camada de areia solta, a esta hora de poeira apagada, devido ao sereno neste quebrar da madrugada.

Findo o trajeto, esbarram na entrada do curral. O cancelão central.

Meu pai toma um hausto de alento e corre a vista pela vacaria, ainda deitada, remoendo tranquilamente o capim-gordura da tarde anterior. Dilata as narinas para sorver o calor bovino que aquece e fortifica. Põe o pé no estribo, desamonta e segura Suveni pelo cabresto.

Cipriano se aprochega a ponta de pés, sem fazer barulho, com a alça do balde zincado segura pela mão. Dá-lhe salvas de bom-dia, apenas levando a mão desocupada na aba do chapéu, e mal cicia as palavras, para que as vacas melindrosas não se assustem e escondam o leite, não se sintam perturbadas. Qualquer chamego resulta em prejuízo.

No lusco-fusco alumiado a pavio de candeia, Cipriano chega à divisória do curral dos bezerros, adoça a voz e então chama:

— Meia-Maia... Chegue, Meia-Maia...

Incontinente, escuta-se o mugido ambulante de peitos esticados pegando o faro do filho, com dezesseis horas de jejuno e apartado.

O filho, que acaba de transpor a porteira do curralzinho dos bezerros aberta pelo vaqueiro, e trota a seu encontro, com a fome pendurada sobre os pés, chupa uma teta... solta... pega outra... e vai indo assim desesperadinho. Massageia o úbere a pequenas marradas para que o leite apoje e a vaca se sinta à vontade. Logo logo, o bezerro alça o rabo sobre as costas como se batesse palmas, refestelado com a renda de espuma que lhe escorre pelos cantos da boca.

Ali de atalaia, de arreador alçado sobre o ombro, Cipriano não perde tempo. Move as mãos habilidosas que, com a ajuda do joelho, arrastam o bezerro relutante até a cabeça rentear a pá da mãe, onde, ao arrepio da vontade, se manterá arreado até que se conclua a ordenha.

22

De lá, meu pai escuta as primeiras espirradas do leite tinindo no balde. Daí a pouco, a pancada fofa, o seio de espuma abaulado.

Os minutos correm. Intercala-se breve silêncio. E outra vez o tinir das espirradas, agora no flandre do caneco. As suas papilas salivam como se fossem as do bezerro. Ele não custa a ser servido. Cipriano vem de lá:

— Pode beber, seu Desidério. Como o senhor gosta, é o derradeiro pingo reservado lá no fundo. O mais fresquinho e apurado!

Meu pai saboreia o leite bem devagarinho e, mal devolve a vasilha a Cipriano, esfrega, com o dorso da mesma mão direita, os lábios que se movem e se soltam nas palavras:

— Leite salgadinho como este de Meia-Maia eu nunca tomei. Não pode existir… E quanto mais vai chegando perto da desmama, mais o sabor aperta. Vaquinha agradecida. Hein, Cipriano?

O vaqueiro faz boca de riso. Todos os dias do ano inteiro, enquanto Meia-Maia amamenta, Cipriano escuta essa mesmíssima cantilena.

Aí mesmo, atrepado nos ripões de pau-d'arco, meu pai derruba a vista pelo espraiado ainda nebuloso, respira o cheirinho que se desprende do sereno, o matinal vicejar de sua pastaria: sensações que se ajustam e o irmanam ao mundo. E alisa a tampa da barriga, refestelado com essa primeira refeição.

Só aí então, com as tripas barulhando aquecidas, o cavaleiro vai à puxadinha na aba do curral e conforta Suveni: tira-lhe a brida e serve-lhe meio embornal de crueira de aipim quase tateando ainda no escuro. Esfiapa-lhe a crina com o carinho dos dedos ásperos que o cavalo agradece meneando a cabeça, deliciado com o afago, a ponto de arriar a pestana, como se os calos das polpas duras fossem capuchos de algodão.

Quase não descansam, que a pressa se conjuga com o meu pai.

Esta hora do claro-escuro é sagrada. Ideal para a primeira corra no gado de estima. Os dias de meu pai começam cedo. Se antecipam ao clarear das alvoradas. Essa tal corra é, na verdade, a primeira obrigação de todas as manhãs, uma empreitada trezentos e sessenta dias por ano recorrente e inadiada.

Com uma chupada dos beiços, pede agilidade a Suveni, certo de que será obsequiado.

Necessitam andar ligeiro, antes que os urubus acordem e estendam as grandes asas casacudas para desentorpecê-las e avivá-las ao sol que logo apontará rasgando as nuvens do nascente.

No malhador que escolhem para a dormida, aí estão as vacas alvaças; se andantes, são manchas de luz que oscilam e navegam movimentando as sombras; se ainda repousam, são naves de leite ancoradas na vazante, remoendo o repasto na barriga da manhã.

Meu pai olha o tempo e se apressa. Está se balançando pra chover. Aguça Suveni com os calcanhares.

Satisfeito e atendido, o cavalo pega a reta num rojão desobrigado, como se conchavado com as intenções do parceiro merecedor, a quem não pode faltar.

Urge passar a vista nas reses que pariram, é indispensável vigiá-las e protegê-las contra os urubus que já espreitam dos galhos mais altos das árvores, ou da penumbra das moitas mais fechadas, amolando os aduncos bicos rasgadores. Apesar do tempo armado, a aurora começa a alaranjar o horizonte.

Suveni anda de lá, cruza de cá, renteia as reses que meu pai revista e pastoreia uma a uma, no bojo dessas horas semi-mortas ainda pejadas de mistério.

De repente, ao rentearem um capão de mato meio fechado, o cavalo olha de meia esguelha, farisca os ares e assopra com as orelhas caídas sobre o pescoço; morga o corpo de banda num susto que é pedido de ajuda ao cavaleiro.

Ambos se dão conta do barulhinho que escapa do escondido de uma camboa entremeada de jurubeba, alecrim, velame e juá-de-bode, com uma coroa de serra-goela campeando as alturas. Meu pai tenteia a rédea, mas, talvez ainda escarmentado das cicatrizes do passado, o cavalo refuga. Pende os grandes olhos que enxergam na penumbra e, com toda a certeza, avista um trem que se move lá no fundo.

Meu pai não chegara a olhar direito, mesmo porque, naquela hora librinosa, das moitas de mato só enxergava os contornos. Além do quê, atinara: este capão de mato ficara sem roçar porque o empreiteiro lhe alegara que ali era justo uma morada de mangangá e, como tal, a pregadas terríveis, escorraçava qualquer vivente. Sendo assim, não haveria animal tolo que se amoitasse por ali, concluíra. Mas, ao mesmo tempo, se fiava no cavalo, Suveni nunca mentia. Convinha averiguar.

Irmanados, os dois se aproximam. Vão conferir bem de pertinho. Será alguma rês amocambada com bicheira, ou alguma vaca parida com sua momentânea valentia?

O cavalo é sensível à perna do parceiro, abaixa o pescoço, assopra, entesoura as orelhas e bate a pata na moita de capim. E logo se imobiliza, magnetizado. Tal um perdigueiro ao amarrar uma codorniz. Meu pai desamonta, sem fazer barulho. A hora é incerta, mas mangangá não ataca no escuro.

E mal acredita no que vê: é Flor do Pasto, descendente de Araúna, que está lambendo a cria. Quem viu primeiro? Precisa saber se, no trabalho de parto, a vaca se despachou. Pois muitas delas, no esforço desabrido de expelir o bezerro abitolado, colocam a madre pra fora — e aí é um servição!

Ele arqueia o lombo, dobra as pernas, afasta o ramo com as mãos e vai ao fundo da moita. Pisoteia com as botas. Ora, ora! Morada de mangangá! O empreiteiro o lesara. Só podia ser. Correra da moita espinhenta inventando uma desculpa.

Volta-se para o recém-nascido, apalpa-lhe a cabeça e levanta os braços, desolado. Desce as mãos com energia pra espalmar as próprias coxas. Retira o chapéu. Coça a cabeça. Contrariou-se.

O restinho dos cabelos brancos fica quase invisível na librina. É como se falasse com o cavalo. Mas como?

Suveni o remira sem entender bulhufas. Desolado porque ganhou mais um bezerro? Não, não. É que tomou um choque: se pôs mais compadecido do que alegrado.

Ele traz o bezerro nos braços para o cheiro do cavalo, que solta um assopro de desgosto. Desbeiçada, a gengiva arreganhada da cria de Flor do Pasto parece implorar. Meu pai não contém as próprias mãos, e acode a criaturinha nascida flagelada. Arria-a no chão e presta-lhe o primeiro socorro de joelhos.

Mas que pena! É um bezerro macho aleijadinho! Parece que ainda não mamou e, entanguido da ponta da caudinha melada ao focinho defeituoso, o couro inteiro se arrepia e palpita com o frio. Assim com o pelo molhado apenas do sereno, já foi lambido pela mãe. Ainda bem. Deve ter nascido no trespasso da noite, quando o canto dos galos amiúda, mesma horinha do Senhor Menino. De certeza.

Meu pai recolhe o mutilado, atravessa-o no cabeçote da sela, e inclina o tronco sobre ele, aquecendo-o com os braços, com as abas do croasê.

As pernas e as mãos desgovernadas do recém-nascido vão roçando em Suveni, que nem por isso se mostra desagradado. Pelo contrário, entre o homem e o cavalo há uma cadeia de afinação deflagrada pelo mesmo interesse, por um partilhar inexplicável que a nossa indigência vocabular chama de magia. O animal caminha maneiroso, ausculta as bordas da vereda, olha onde pisa, entendido com a ocasião, decerto intuindo muito bem o que se passa.

Os dois regressam graves e compenetrados, seguidos de Flor do Pasto, como se tomassem parte numa estranha solenidade, como se conduzissem o Deus Menino na fuga para o Egito. De coração aberto, estão dispostos contra todos os Herodes.

Alvissareiros, os quero-queros, atrepados nas canelas vermelhas, anunciam a passagem do solitário cortejo. Abrem e sacodem as asas. Rubras, as agulhas dos ombros se aguçam numa linha de defesa. Estão ali para o que der e vier.

Apadrinhadas nas touceiras de capim, as raposas se erguem nas patas traseiras e regougam admiradas; com o esgarçar da manhã, deslizam assombradas, procurando as moitas mais sombrias, vão se recolhendo para a capoeira adensada.

Na matinha do Sabonete, ali encostada, os gigós pulam e gritam de galho em galho como se batessem palmas.

Os insetos da noite, fatigados, circulam em torno do bezerrinho como se o adorassem, dão encontrões na cara de meu pai. Será que o confundem com são José?

Mesmo pendendo para o final de dezembro, o ventinho desta hora matinal é uma lâmina fria.

Ao beiradearem a lagoa da Barriguda, as marrecas e os três-potes se assustam e gritam salvas sobre as pernas de palito, como se encandeados por um facho de luz. As garças-

-carrapateiras, primas das saracuras, arrepiam a plumagem e se desencurvam, alvas como leite, sob a fosforescência da multidão de vaga-lumes.

Mais perto da estrada, os primeiros canários-da-terra saltitam dentro das árvores onde ainda estão agasalhados, adivinham o que se passa e, mais adiante, se danam a estralar. Outros passarinhos aderem à campanha.

Da copa das árvores mais fechadas se desencadeia profusa alvorada.

Atento à delicadeza das circunstâncias, Suveni adoça mais a pisada. No mesmo instante em que meu pai assoa o nariz que torna a gotejar, devido ao ar frio e depurado, o cavalo suscetível sente escorrer sobre a pá a quenturinha mijada do bezerro, que assim copia o Deus Menino escanchado no jeguinho.

E por artes dos mistérios desta vida, o cavalo toma um hausto audível e freme a venta como um fole, como quem toma parte no destino do bichinho. O seu perfil movente- -vaporoso segue esgarçando a névoa, desmanchando as gotas de orvalho que são perolazinhas deixadas pelo sereno, e abrindo no peito a claridade, contra as últimas estrelas, contra o restinho da lua que não alcança nuvens para lamber. Desliza, cheio de gosto, solerte como um fantasma.

Ambos, homem e animal, parecem trespassados pelo mesmo sentimento. Boa hora para um balanço da vida, hein, meu pai?

Ele segue pesaroso, mortificado com o sofrimento do bezerrinho deformado. Ampara com firmeza o ventre morno e chupado sentindo a vidinha franzina decretada no tateável remexer das vísceras.

As mãos rudes o sustentam com delicadeza paternal. Nem parecem as mãos por cujas veias passeia o sangue envenenado da leucemia que dia e noite, numa pisada obstinada, vai comendo as suas forças. Tremem de ternura como se voltassem a crer que resta alguma esperança neste mundo, inclusive para si próprio.

Não podem apertar muito, pra não sufocar o aleijadinho, mas é preciso firmá-las no couro pra o inocente não resvalar e cair. Os dez dedos circundam de carinho a criaturinha que nasceu marcada para sofrer. Que mundo sem coração!

Enfim, Suveni esbarra no cancelão do curral.

Meu pai apoia-se nos estribos, sobreleva-se na sela, cheio de cuidados pra não estrompar o recém-nascido que, aquecido entre os braços, já ficou até morninho. E solta o chamado repetido:

— Cipriano... ô Cipriano.

O vaqueiro se aproxima prestativo.

— Receba aqui esta encomenda. É de Flor do Pasto, que já se despachou, mas precisa ser logo desleitada.

— Tô vendo ela ali. O ubre parece inté uma montanha. Também, do jeito que tava pesada e tardando, só podia ter novidade na parição...

Meu pai inclina-se com o bezerro nas mãos até o outro abraçá-lo.

— Ei... ei... cuidado, homem! Pegue ele com jeito. E me forre aquele jirau com palhas de milho macias... daquelas bem perto do capuco. Ouviu? Deixe bem fofo... assim uma manjedoura, que é pra mode a gente agasalhar e aquecer este bichinho. E empurre-lhe leite... entendeu? Deixe ele lotar a barriguinha...

Mal Cipriano embala a cria nos braços — é vaqueiro ou pastor? —, levanta as mãos numa oferenda de glórias e aleluias. Só lhe falta mesmo o cajado.

Meu pai esbarra o cavalo. Vira-se na sela. Dá-lhe umas batidinhas de carinho sobre a anca e grita de cá:

— Tem mais uma coisa, Cipriano. Quem encontrou a criaturinha aqui foi o nosso Suveni! Os bichos enxergam longe...

ESTA OBRA FOI COMPOSTA PELA ABREU'S SYSTEM EM ADOBE GARAMOND
E IMPRESSA EM OFSETE PELA PAYM SOBRE PAPEL PÓLEN SOFT DA
SUZANO S.A. PARA A EDITORA SCHWARCZ EM SETEMBRO DE 2022

A marca FSC® é a garantia de que a madeira utilizada na fabricação do papel deste livro provém de florestas que foram gerenciadas de maneira ambientalmente correta, socialmente justa e economicamente viável, além de outras fontes de origem controlada.